Stendel

Roland Kübler

Die Mondsteinmärchen

Ein Märchenbuch
nicht nur für Erwachsene

Für alle,
die noch um die Macht
der Märchen
wissen

© Copyright 1988 by Verlag Stendel
Untere Sackgasse 9, 71332 Waiblingen
Postfach 1713, 71307 Waiblingen
Alle Rechte vorbehalten

Titel: Claudia Layer
Illustrationen: Manfred Häusler

Satz und Druck: Windhueter, Schorndorf

Bindung: Nething, Weilheim/Teck

16. Auflage, 248.–267. Tsd., November 1996

ISBN 3-926789-02-6

Der Märchenstand	11
Die Krone der Welt	19
Der Mondstein	33
Der Drache des Schreckens	39
Die Verurteilung	53
Die Blüte des Lebens	57
Die Macht der Märchen	89

Der Märchenstand

Der Wächter kniff die Augen zu schmalen Schlitzen zusammen und starrte angestrengt den nahen Hügel empor. Obwohl die tiefstehende Abendsonne einen flimmernd roten Schleier über das Land breitete, gab es keinen Zweifel: Jemand kam auf die Stadt zugeritten.
Ein staubiger Weg wand sich wie ein dünnes, graues Band den karstigen Hügel hinab zur Stadt am Meer, und der Reiter, neben dessen Pferd der Wächter noch eine Gestalt ausmachen konnte, schien keine Eile zu haben. Immer wieder verharrten die Näherkommenden, gerade so, als wären sie sehr, sehr müde.
Nur kurz überlegte der Wächter, ob er die Ankunft der Fremden melden sollte. Er verwarf den Gedanken jedoch schnell. Welche Gefahr konnten schon zwei erschöpfte und augenscheinlich bescheidene Wanderer der wohlhabenden Stadt am Meer bringen?
Auf der von Sonne und Wind ausgelaugten Straße am Hügel beugte sich Oyano, der alte Märchenerzähler, ein wenig aus dem Sattel. „Ist sie nicht wunderschön, Gwen?" flüsterte er heiser und kaum vernehmbar. „Habe ich dir zuviel versprochen?" Er lächelte, in Erinnerungen versunken. „Die Stadt am Meer. Hier wurde ich geboren. Hier habe ich meine Märchen erzählt, lange Jahre. Hier will ich die letzten Jahre meines Lebens in Ruhe und Frieden verbringen."

Er schnalzte leise mit der Zunge, und sein Pferd trottete weiter. Gwen lief neben ihm her und blickte manchmal zu Oyano, dem an Leib und Stimme schon gebrechlichen Märchenerzähler, hoch. "Wie lange ist es her", wollte sie schließlich wissen, "seit du die Stadt verlassen hast?"
"Länger als du an Jahren zählst", bekam sie Auskunft und war es zufrieden.
Als die beiden das Stadttor erreicht hatten, schaute Oyano jedoch verwundert um sich. Überall konnte er wehrhafte Befestigungsanlagen feststellen.

„Wer seid ihr, und was wollt ihr hier?" riß ihn die barsche Stimme des Wächters aus seinem Erstaunen.

Oyano neigte höflich den Kopf zu einem stillen Gruß, während das Mädchen an seiner Seite sprach: „Mein Name ist Gwen. Ich bin die Schülerin dieses Märchenerzählers. Er heißt Oyano und hat in dieser Stadt gelebt."

Überrascht starrte der Soldat den alten Mann an. „Oyano", murmelte er schließlich, als müsse er weit zurück in der Vergangenheit graben. „Ja, vor vielen Jahren gab es hier einen Märchenerzähler dieses Namens."

Doch dann rammte er seine Lanze auf die Erde und befahl: „Zeigt mir eure Papiere!"

Wieder antwortete Gwen: „Ich sagte dir doch, wer wir sind. Wir besitzen keine Papiere. Weshalb auch? Jedermann, der des Schreibens kundig ist, kann darauf festhalten, was immer ihm beliebt. Wäre ein kleines Stück Papier glaubwürdiger als meine Auskunft?"

Unsicher sah der Wächter das Mädchen an. Niemals zuvor hatte er solch eine Antwort erhalten. Und doch! Es gab schließlich Vorschriften. „Ich muß wissen, ob ihr die Wahrheit sprecht!" fuhr er Gwen unwirsch an. „Weshalb sagst du nichts?" Er deutete auf Oyano. „Hast du vielleicht die Sprache verloren?"

Oyano nickte bestürzt. Gwen erklärte: „Er hat schon so viel gesagt in seinem langen Leben. Seine Stimme ist müde und brüchig. Es schmerzt ihn, wenn er sprechen muß."

Der Blick des Wächters glitt über das Mädchen, welches so selbstsicher vor ihm stand und keinerlei Ehrfurcht vor der Uniform und den blinkenden Waffen zeigte, und wandte sich dann dem alten Mann auf dem staubbedeckten Pferd zu, das müde den Kopf hängen ließ.

„Geht weiter!" bestimmte er und mühte sich, dabei herrisch dreinzublicken. „Aber meldet euch morgen in aller Frühe bei der Wache auf dem Marktplatz. Es könnte sonst sein, daß ihr ins Gefängnis geworfen werdet."

Fassungslos schüttelte Oyano den Kopf, als Gwen das Pferd am Zügel nahm und durch das Tor führte.

Zur Abendstunde erreichten die beiden den Marktplatz. Geschäftiges Treiben herrschte, wohin sie auch sahen. Lautstark wurden Waren angepriesen, feilschten Händler und Käufer miteinander. Es roch nach Kaffee und Tee, Gebratenem und Gesottenem, nach vielerlei Gewürzen und mancherlei süßer Leckerei. Niemand beachtete den Alten und das halbwüchsige Mädchen. Die staubigen, oftmals ausgebesserten Umhänge verrieten den Kennerblicken der Händler, daß mit diesen beiden keine Geschäfte zu machen waren.

Schließlich erreichten Oyano und das Mädchen ein schmales, schon ein wenig windschiefes Häuschen mit verschlossenen Fensterläden. Unter dem weit vorspringenden Dach entdeckte Gwen ein steingemauertes Podest. Buntgewebte, von Sonne und Wind verblichene Teppiche waren davor zusammengeknotet. Oyanos Augen leuchteten. „Wir sind da", flüsterte er. „Dies ist mein Haus, und das war mein Märchenstand."

Er zog die Teppiche ein wenig zur Seite und stieg drei ausgetretene Stufen empor. Aus einer der zahlreichen Taschen seines Umhangs zog er einen Schlüssel und öffnete die hölzerne Tür, in welche seltsame Zeichen und Muster geschnitzt waren. Langsam ging der Märchenerzähler durch die beiden Kammern des Hauses, blieb hier kurze Zeit versonnen stehen und strich dort sacht über eine kunstvoll ziselierte Teekanne oder einen verzierten Kerzenständer. „Öffne die Teppiche", bedeutete er Gwen. „Ich werde uns einen Tee kochen, und dann schauen wir uns das Treiben auf dem Markt noch ein wenig an."

Während Oyano ein Feuer im Herd entfachte, rollte Gwen die seit langem zusammengeknoteten Teppiche vor dem Podest hoch und band sie sorgfältig fest. Sie rückte einen Tisch herbei und stellte zwei alte, bequeme Stühle hinzu. Als der Märchenerzähler zu ihr kam, war es schon fast dunkel. Überall in den Marktständen brannten helle Öllampen. Oyano setzte sich, entzündete eine kleine Kerze und sah sich um.

Immer noch drängten sich viele Menschen auf dem Platz. Kaum einer hob den Blick, um zu ihnen emporzusehen. Die wenigen jedoch, die bemerkten, daß die Teppiche des lange verschlossenen

Märchenstandes hochgerollt waren und jemand den verwaisten Platz eingenommen hatte, kamen neugierig näher. Schließlich trat ein Mann, geradeso alt und gebeugt wie Oyano, heran.

„Ich wußte, daß du eines Tages wiederkommen würdest", grüßte er herzlich.

Freudig lächelnd erwiderte Oyano den Gruß.

„Es ist tatsächlich der alte Märchenerzähler", murmelten die Menschen, und von Mund zu Mund verbreitete sich diese Nachricht in Windeseile über den ganzen Markt.

„Erzähl' uns eine Geschichte!" baten einige.

Doch Oyano schüttelte müde den Kopf und gab Gwen ein Handzeichen. „Oyanos Stimme ist schwach geworden mit den Jahren", erklärte das Mädchen. „Er kann nur noch leise und mühsam sprechen. Auch ist er in seine Heimatstadt nicht zurückgekehrt, um wieder Märchen zu erzählen. Er will den Abend seines Lebens in vertrauter Umgebung verbringen."

„Aber jetzt ist die Zeit, wo wir deine Märchen wirklich brauchen, Oyano!" war ein lauter Ruf in der Menge zu hören. Einige der Menschen drehten mit mißbilligendem Blick den Kopf, um den Rufer ausfindig zu machen. Andere aber nickten zustimmend. Neugierig sah Gwen ihren Lehrmeister an. Dieser saß wie eine aus Stein gemeißelte Statue. Seine Augen waren geöffnet, doch sein Blick ging ins Leere. Nach einiger Zeit winkte er Gwen zu sich. Das Mädchen neigte den Kopf und lauschte den leisen Worten Oyanos. Dann richtete sie sich auf. „Er hat kein Märchen für euch", erklärte sie der Menge. „Zu viel Zeit ist verstrichen, in welcher er nicht hier wohnte. Zu vieles hat sich verändert in der Stadt."

Ein enttäuschtes Gemurmel kam aus der Menge. Doch Oyano, der alte Märchenerzähler, saß wieder starr und stumm auf seinem Stuhl und sagte nichts mehr. Mit der Zeit zerstreuten sich die Menschen. Der kühle Wind der Nacht strich flüsternd durch die engen Gassen und über den Marktplatz. Mehrmals wollte Gwen ihren Lehrmeister etwas fragen. Doch immer wenn sie ihn ansah, spürte sie, daß er ihr noch nichts sagen konnte. So schwieg sie ebenfalls, schaute unschlüssig auf den Platz und fiel mit der Zeit in einen unruhigen Schlaf.

Als das Mädchen fröstelnd erwachte, saß Oyano nicht mehr neben ihr. Es war immer noch finstere Nacht. War der Märchenerzähler in seine Kammer gegangen, ohne sie zu wecken? Zögernd tastete sich Gwen zur Tür. Sie hörte Stimmen. Oyano sprach leise mit jemandem. Gwen wagte nicht zu stören. Geduldig wartete sie, bis sich der Fremde verabschiedet hatte. Erst dann klopfte sie vorsichtig an die Tür zu Oyanos Kammer. Traurig saß der alte Märchenerzähler auf den weichen Teppichen und sah ihr entgegen. „So vieles hat sich verändert in meiner Stadt", flüsterte er.

„Weshalb bist du damals fortgegangen?" wollte Gwen wissen. Oyano schluckte mühsam und sprach fast tonlos weiter: „Ich mußte mitansehen, wie sich fast alle Menschen hier nur noch um ihre Geschäfte kümmerten. Feilschen und Handeln, Kaufen und Verkaufen, Raffen und Nie-genug-bekommen, wurden ihr Lebensziel. Und von mir, von mir wollten sie am Abend mit Geschichten unterhalten werden!" Oyano stieß das Wort 'Geschichten' verbittert und abfällig hervor. „Ja, sie wollten, daß ich ihnen kleine, kurzweilige und unterhaltsame Geschichten erzähle. Irgend etwas, worin sie sich verlieren konnten. Meine Märchen aber, die ich ja erzähle, damit sich Menschen darin finden, wollten sie nicht mehr hören. Deshalb bin ich gegangen, damals. Den wenigen Freunden, die mir geblieben sind, habe ich vorhergesagt, daß die Stadt am Meer umso ärmer werden wird, je mehr Reichtum ihre Bewohner anhäufen würden."

Erschöpft lehnte sich Oyano zurück. Wortlos bat er Gwen um ein Glas Tee. „Seit einigen Jahren", fuhr er fort, nachdem er getrunken hatte, „gibt es einen König in dieser Stadt. Er hat sich selbst dazu ernannt, und niemand wagt, ihm zu widersprechen, denn seine Soldaten sind gefürchtet. Und nun ruft dieser König zum Krieg gegen die Nachbarstadt. Er hetzt die Menschen auf und versucht ihnen einzureden, die größte Gefahr für den Wohlstand würde von der Stadt auf den Klippen ausgehen. Es bleibt nur ein Weg, läßt der König verkünden, um weiterhin in Sicherheit und Reichtum zu leben: Die Stadt auf den Klippen muß erobert werden."

Müde lachte Oyano auf. „Morgen, Gwen", flüsterte er ermattet, „morgen werden wir beide ein Märchen erzählen. Keine einfache, kleine Geschichte, sondern ein wirkliches Märchen. Geh nun. Ruhe dich aus. Ich brauche das ferne Zirpen der Zikaden, das lautlose Gleiten der Nachtvögel und den stillen Atem der Nacht. So werden Märchen geboren. In einer Nacht wie dieser."

Oyano erhob sich und ging langsam und gebückt hinaus. Dort setzte er sich an den kleinen Tisch des Standes, stützte den Kopf auf beide Hände und schaute hinauf in den Nachthimmel, wo ein fast vollendeter Mond das Firmament beherrschte.

So fand das Mädchen den alten Märchenerzähler auch noch am frühen Morgen, als sie, noch bevor die Sonne aufgegangen war, nach ihm sehen wollte. Schweigend bereitete sie einen Tee, stellte die Kanne neben Oyano und ließ ihn allein.

Erst als sich der Marktplatz langsam mit dem beginnenden Leben des neuen Tages füllte, von überall her Stimmen die Stille störten, die Händler und Kaufleute ihre Stände öffneten, zog sich Oyano zurück, um zu schlafen.

Zur Abenddämmerung kam der alte Märchenerzähler wieder aus seiner Kammer. „Bereite den Stand vor!" bat er und setzte sich, um zu essen. Als Gwen die Teppiche hochgerollt und zusammengebunden hatte, trat er neben sie und sah hinaus auf den Marktplatz. „Du wirst mir nachher die Kraft deiner jungen Stimme leihen müssen, Gwen", sagte er.

„Ich verstehe nicht?" stammelte das Mädchen aufgeregt.

„Ich werde dir das Märchen zuflüstern", erklärte Oyano, „und du wirst es so laut erzählen, daß jeder auf dem Marktplatz es hören kann."

„Aber ...", wollte Gwen einwerfen, doch Oyano brachte sie mit einer abwehrenden Handbewegung zum Verstummen.

Und wie Oyano es gesagt hatte, geschah es, als die Menschen am Abend wieder vor den Stand kamen und erneut darum baten, ein Märchen erzählt zu bekommen ...

Die Krone der Welt

In den jungen Jahren dieser Welt lagen zwei Königreiche an einem breiten Strom, der behäbig auf das ferne Meer zutrieb.

Im Lande der aufgehenden Sonne regierte König Urs mit strenger Hand und hartem Herz. Jenseits des Flusses, dort, wo sich die Sonne am Abend zur Ruhe bettet, herrschte König Aars. In Unnachgiebigkeit und Strenge stand er König Urs nicht nach. Die beiden waren schon seit langen Zeiten erbitterte Feinde. An den Ufern des Stromes lagerten die Kriegsheere und lauerten auf den geringsten Anlaß, endlich ihre Waffen sprechen lassen zu können.

Die Berater beider Reiche predigten Haß und Feindschaft, und die Lehrer legten die Saat der Gewalt schon in die Herzen der Kinder. Wer in den Staatsdienst treten wollte, mußte in langen Gesprächen seine abgrundtiefe Ablehnung des feindlichen Reiches und die bedingungslose Liebe zum eigenen König beweisen. Fiel im Lande der aufgehenden Sonne in einem Jahr die Ernte schlecht aus, war dies natürlich die Schuld des verhaßten Reiches jenseits des breiten Stromes. Das konnten die Gelehrten überzeugend beweisen. Kamen im Lande des Königs Aars zu wenig Kinder auf die Welt, lag dies an den Zauberkundigen des Königs Urs. Diese hatten, wie leicht zu belegen war, den Mond verhext, um so die Frauen unfruchtbar zu machen und die Heereskraft zu schwächen.

Vielen Menschen, in beiden Königreichen, kamen diese Erklärungen zwar oftmals seltsam vor, und so recht wollten sie daran nicht glauben. Sie hüteten sich jedoch, dies vor Fremden zu sagen. Die Spitzel der Herrscher konnten überall sein, und wen sie einmal in ihrer Gewalt hatten, den ließen sie nicht mehr los. Hinter vorgehaltener Hand geisterten erschreckende Nachrichten von Folter und Tod durch die Länder.

So bestimmten der Haß auf das andere Reich und die Furcht vor der unerbittlichen Macht des eigenen Königs das Leben der Menschen auf beiden Seiten des großen Stromes.

Die Familie Arkan unterschied sich nicht von vielen anderen Familien im Lande der untergehenden Sonne. Der Vater unterrichtete in einem großen Haus der Hauptstadt junge Bedienstete des Königs. Er mußte sich immer sehr genau überlegen, was er sagen durfte und von welchen Dingen er besser schwieg.

Seine Frau sorgte für die Tochter Erina, den Sohn Antol und für die Großmutter. Erina und Antol waren der ganze Stolz ihrer Eltern – gerade so, wie alle Kinder immer der ganze Stolz ihrer Eltern sind. Abends, wenn die einbrechende Nacht das tägliche Leben in die wärmende Decke der Hoffnung auf einen besseren Morgen hüllt, saßen die Eltern oft noch am Tisch. Der Mann berichtete von der Arbeit und daß er es nicht mehr lange aushalte zu schweigen. Die Frau nahm dann sacht seine Hand und erzählte, Spitzel hätten den fast erwachsenen Sohn der Nachbarsfamilie geholt, niemand wisse weshalb und was jetzt mit ihm sei.

Die Großmutter jedoch war im Zimmer der Kinder, schüttelte Antols Kopfkissen auf, zupfte das Bettuch Erinas zurecht und ließ sich gerne überreden, ein Märchen oder eine alte Sage zu erzählen. Die beiden Kinder wollten immer wieder die Überlieferung von der Krone der Welt hören. Die Großmutter erfüllte den Kindern jedesmal den Wunsch, obwohl es bei Strafe verboten war, dieses Lügenmärchen zu verbreiten. Sie setzte sich in ihren alten, abgeschabten Ohrensessel, schlang eine dicke Wolldecke um die Beine, nahm die zerkratzte Brille ab, schloß die Augen, und erst wenn Erina und Antol ganz still waren, begann sie:

„Lange Zeit bevor eure Mutter und euer Vater mit ihrem ersten Schrei die Welt begrüßten, war die Erde noch nicht aufgeteilt in zwei Königreiche. Eine gütige Kaiserin regierte das Land mit Weisheit und Umsicht. Keinen Menschen achtete sie gering, und alle hörten auf ihren Rat, so wie auch sie auf den Rat der Menschen hörte. Die Könige Urs und Aars sind ihre Söhne. Damals spielten und zankten sie miteinander, wie es Geschwister eben tun. Diese Kaiserin besaß eine kostbare und wertvolle Krone, die schon so alt wie die Erde selbst war. Man nannte sie die Krone der Welt. Drei Edelsteine glänzten daran, und diese Steine gaben der Kaiserin die Kraft, das Land zu regieren. Neben dem Diamanten der Weisheit funkelte das Juwel des Verstehens und daneben schimmerte sanft die Perle der Demut. Die Kraft dieser drei Steine war so groß, daß alle Menschen, in deren Augen sich die Edelsteine widerspiegelten, davon berührt wurden und diese Kraft in ihrem Herzen zu wirken und zu wachsen begann.

Als die Kaiserin fühlte, daß die Tage ihres Wirkens hier auf dieser Welt zu Ende gehen sollten, traf sie sich mit ihren Söhnen Urs und Aars auf einer kleinen Insel, mitten in dem großen Fluß. Sie werde jetzt ihren Körper verlassen, erklärte die Kaiserin. Dann teilte sie ihr Reich, und die beiden Brüder versicherten, das Erbe ihrer Mutter zu behüten und zu bewahren. Ihr Körper sollte in das Grabmal auf der Insel gelegt werden und die Krone der Welt darauf ihren Platz finden, damit alle Menschen sie sehen und die Kraft der leuchtenden Edelsteine mit sich nehmen könnten. Als die Brüder versicherten, alles so auszuführen, schloß die Kaiserin zufrieden ihre Augen. Sie lächelte, und ihre Seele machte sich auf, neue, unbekannte Wege zu gehen.

Urs und Aars legten ihre Mutter in das Grabmal und verschlossen es. Um die Krone jedoch entbrannte ein wilder Kampf. Keiner der beiden wollte sie hier auf der Insel zurücklassen. Zu sehr fürchteten sie die Kraft der Edelsteine. Während des heftigen Kampfes geschah es aber, daß die Krone weggeschleudert wurde und in den flachen See am Fuße des Grabmals fiel. Kaum war sie im Wasser eingetaucht, da brodelte, zischte und dampfte es. Giftgrüne Schwaden stiegen empor und hüllten die kämpfenden Brüder ein. Erschrocken ließen diese voneinander ab und hasteten zurück zu ihren Rittern und Lanzenträgern, die sie mit auf die Insel gebracht hatten.

„Wer mir die Krone aus dem Teich holt", spornten sie ihre Männer an, „wird fürstlich belohnt werden."

Einige wagemutige Ritter zogen sofort los. Sobald sie jedoch in das flache Wasser gewatet waren, umhüllte sie der giftige Nebel, der durch die Gier und den Neid der Brüder entstanden war, und sie kamen elend um.

„Ich werde mir die Krone schon holen!" brüllte Urs seinem Bruder zu.

„Wenn du kommst, werde ich sie schon längst haben!" schrie dieser hochmütig zurück.

Daraufhin zogen sich die Brüder mit ihren Männern in ihre Lager zurück. Ruhelos verbrachten Urs und Aars die Nacht. Endlich graute der Morgen, und sie hetzten wie rastlose Schakale durch die Zelte ihrer Männer, um diese zu wecken. Doch dann bemerkten sie etwas Seltsames: Ein tiefer Graben hatte über Nacht das Grabmal und den giftgrün brodelnden See umschlossen. Als sie mit ihren Männern am Rand des Grabens standen, sahen sie, daß auf seinem Grund grauschwarzer, stinkender Schlamm große Blasen warf.

Wieder versprachen die Söhne der Kaiserin ihren Rittern und Lanzenträgern reiche Belohnung, wenn sie ihnen die Krone brächten. Die Männer fällten Bäume und legten diese über den Graben. Alle Brücken brachen jedoch wie von Zauberhand geknickt entzwei, sobald sich einer der Männer darauf wagte. Schließlich riefen Urs und Aars ihre Männer zurück.

Wütend schleuderten sie sich Beschimpfungen und Flüche zu. Insgeheim hatte jedoch schon die gnadenlose Faust der Furcht ihre Herzen umklammert. Ängstlich verkrochen sie sich in dieser Nacht in ihren Zelten. Zuviel Unerklärliches war geschehen.

Am nächsten Morgen entdeckten sie voller Entsetzen, daß um Grabmal, Teich und Graben ein großer Wall aus Erde entstanden war. Schwertscharfe Pflanzenspitzen ragten aus dem Boden, und der Tau des Morgens glitzerte darauf in tödlichem Glanz. Wieder forderten die beiden jungen Könige ihre Männer auf, die Krone zu holen. Einige besonders treue Helden, solche, die das Nachdenken schon lange verlernt hatten, zogen sich die schwersten Kampfstiefel und die härtesten Rüstungen an. Sobald ihre schweren Schritte jedoch die Erde des Walls aufrissen, schossen die Pflanzenspitzen in die Höhe und durchbohrten die Ritter, ohne daß diesen ihre Rüstungen Schutz geboten hätten.

Die Brüder Aars und Urs erhoben ihre Fäuste gegeneinander. Wut und Haß ließen die langen Jahre, die sie zusammen gespielt und gelebt hatten, verblassen. Sie zogen ihre Schwerter und schlugen, schäumend wie tollwütige Hunde, aufeinander ein. Mit wüstem Gebrüll verbissen sich auch die Ritter und Lanzenträger der beiden Könige ineinander. Das Gras und die Blumen wurden zerstampft, und Blut tränkte die Erde. Erst als die Nacht die Kämpfer trennte, ließen sie voneinander ab. Erschöpft schliefen sie ein, mit dem festen Vorsatz, den Gegner am Morgen zu zerfleischen. Aber es wurde nicht hell an diesem nächsten Tag. Düstere Wolken verhängten den Himmel und drückten sich dicht an die Erde. Blitze zuckten durch tosende Wolkentürme und ein eisiger Wind rüttelte an den Zelten. Im gespenstischen Schein der Blitze erkannten die Könige und ihre Männer, daß um Grabmal und Teich, um Graben und Wall eine hohe schwarze Mauer während der Nacht entstanden war. Und als das Unwetter nachließ, hörten die Männer hinter dem Tor der schreckenerregenden Mauer haßerfüllte Stimmen zischeln, geifern und schreien. Vom Grauen gepackt jagten die Männer der Könige Urs und Aars von der Insel der Kaiserin in ihre Königreiche zurück.

Seit jenem Tag", so schloß die Großmutter ihre Erzählung, „war niemand mehr auf der kleinen Insel im Fluß. Alle haben sie Angst vor den magischen Kräften der alten Kaiserin."

Die Großmutter zog Antol und Erina die Decke bis zur Nasenspitze, strich ihnen übers Haar und blies die Kerze aus. Als sie schon fast aus dem Zimmer war, rief ihr Antol nach: „Ist dies nun ein Märchen, Großmutter, oder ist es wirklich einmal geschehen?"

„Wenn es eine Lüge wäre, ein dummes Märchen, weshalb sollte König Aars wohl bei Strafe verbieten, diese Geschichte zu erzählen?"

Damit schloß sie die Tür und überließ Antol und Erina ihren Träumen. Und diese Träume waren voller Hoffnung auf ein Land, in dem der Diamant der Weisheit, das Juwel des Verstehens und die Perle der Demut wieder die Kraft hatten, die Herzen der Menschen zu verändern.

Antol und Erina gefiel es oftmals nicht im Reiche der untergehenden Sonne. So vieles wollten sie wissen, und oftmals bekamen sie ausweichende oder erschreckende Antworten. Fragten sie danach, ob die Kinder jenseits des großen Stromes auch kleine Rüstungen bekämen, antworteten die Erwachsenen: „Jedes Kind bekommt dort zu seinem fünften Geburtstag ein Kaninchen geschenkt und ein Schwert. Und wenn es das Kaninchen nicht sofort tötet, kommt das Kind in ein großes Gefängnis. Dort muß es lernen, wie man am besten Kaninchen tötet."

Erina und Antol schauderte es, wenn sie solche oder ähnliche Geschichten hörten. Zum Glück gab es aber die Großmutter, die den beiden dann sagte, daß jenseits des großen Flusses die Kinder genauso in den Betten liegen würden und daß auch dort die Großmütter Märchen und wahre Geschichten erzählen, die sonst schon längst vergessen worden wären.

Je älter die beiden Kinder wurden, um so weniger trauten sie den Worten der Erwachsenen. Als es eines Tages Gesetz wurde, alle Kinder nach ihrem siebenten Geburtstag in große Heime zu bringen, um sie zu treuen Untertanen König Aars' zu erziehen, sie von seiner Friedfertigkeit und großen Güte zu überzeugen und von der Gefährlichkeit und abgrundtiefen Schlechtigkeit des bösen Königs Urs, beschlossen Erina und Antol zu fliehen.

In einer dunklen Neumondnacht schlichen sie wie Diebe aus ihrem Elternhaus. Nicht einmal von ihrer Großmutter hatten sie sich verabschiedet. In langen Nächten zuvor hatten sie sich entschieden, die Insel der alten Kaiserin zu suchen. Die Gefahren, welche dort drohten, ängstigten die beiden wohl, sie wußten aber auch, daß kein Erwachsener sie dort vermuten würde.

Erina und Antol mieden alle großen Straßen und wanderten nur in der Dunkelheit. Und jede Nacht trafen sie auf andere Kinder, die ebenfalls von zuhause weggelaufen waren. Andere Kinder, die auch zu jener sagenumwobenen Insel der alten Kaiserin wollten.

Inzwischen war im ganzen Land zu einer fieberhafte Suche aufgerufen worden. Natürlich wurden die Feinde jenseits des großen Flusses beschuldigt, die Kinder geraubt zu haben. König Aars ließ ein gewaltiges Heer aufstellen, eine Streitmacht, wie sie das Land noch nicht gesehen hatte. Aber auch im Reich des Königs Urs verschwanden Kinder. Niemand konnte sich erklären weshalb. Die Feinde jenseits des Stromes mußten dahinterstecken. Und so ließ auch König Urs zum Krieg rüsten. Die Gelehrten planten Schlachten, und die Priester flehten um die Macht ihrer Götter. Die Magier schauten in die Bäuche geschlachteter Hühner, um den richtigen Zeitpunkt für den Krieg zu bestimmen.

Die Kinder wußten von alledem nichts. Sie mühten sich auf ihrem langen Weg, und jede Nacht schlossen sich ihnen weitere Gefährten an. Schließlich gelangten sie eines Abends wirklich bis zur Insel im breiten Fluß. Eine halb zerfallene Brücke spannte ihren Bogen vom Ufer bis zur Insel. Nirgendwo konnten die Kinder eine Wache entdecken. Aus welchem Grund sollte diese Insel auch bewacht werden? Kein vernünftiger Erwachsener würde sich auf die Insel wagen, um von dort das andere Land zu erreichen. Behutsam und jedes allein, mußten die Kinder die schwankende Brücke betreten und vorsichtig bis zur Insel gehen. Als sich alle wohlbehalten und ohne Sturz wieder versammelten, war die Nacht groß und dunkel, und die Insel lag düster im Fluß.

Die Kinder lauschten in die Dunkelheit. Weit vor sich hörten sie neben dem ruhigen Raunen des Flusses ein leises Gezischel, ein böses Flüstern. Dies mußten die Stimmen hinter der Mauer des Hasses sein. Die Hände der Kinder suchten sich. Erst als jedes Kind die warme Hand eines anderen spürte, gingen sie langsam weiter. Die Stimmen wurden lauter. Das Geflüster war furchterre-

gend. Plötzlich standen sie vor der gewaltigen Mauer, und sie war so hoch und schwarz, daß sie sogar die sternlose Nacht verschluckte. Hinter den dicken Steinen geiferte und brüllte es, tobten und schrien die Stimmen des Hasses. Die Kinder zitterten vor Angst, rückten eng zusammen und hielten sich die Ohren zu. Aber die Stimmen waren zu mächtig, zu laut, zu böse. Schließlich begann ein kleines Mädchen mit dünner, zittriger Stimme zu singen. Immer mehr Kinder stimmten ein, und sie sangen so laut, daß sie die schrecklichen Stimmen hinter der Mauer übertönten. Als sie aufhörten, konnten sie weit entfernt auch ein Lied hören.

„Dort müssen ebenfalls Kinder sein", sagte Antol und Erina rief: „Wir gehen zu ihnen. Sicher haben sie auch Angst und fürchten sich. Gemeinsam können wir noch viel lauter singen."

Sie brachen auf und hasteten an der unheimlichen Mauer entlang. Die Stimmen dahinter waren furchterregende Begleiter auf ihrem Weg. Aber immer wenn sie sangen, schienen sich diese Stimmen zu entfernen, leiser zu werden. Und in dem Augenblick, bevor die Stimmen zurückkehrten, hörten sie irgendwo andere Kinder singen. Endlich war es dann soweit, und sie standen sich gegenüber.

„Wir sind auf der Flucht vor König Urs", erklärten die fremden Kinder und erzählten ihre Geschichte. Diese unterschied sich kaum von den Erlebnissen der Kinder um Antol und Erina. Sogar das Greuelmärchen vom Kaninchen und dem Schwert kannten sie. Während sie sich gegenseitig von ihrer Kindheit berichteten, waren die Kinder weitergegangen. Die Stimmen waren immer noch da, vielleicht ein wenig leiser, wenn die Kinder miteinander sprachen und sich an den Händen hielten, vielleicht nicht mehr gar so böse und gefährlich. Schließlich kamen sie an ein mächtiges schwarzes Tor. Die Kinder untersuchten es. Es war verschlossen. Einen Riegel oder ein Schloß konnten sie jedoch nirgendwo entdecken. Ratlos und still standen sie davor. Und dann kamen die Stimmen des Hasses wieder, böse und gemein, schrill und drohend. Hilflos begannen die Kinder wieder zu singen. Und so sangen die Kinder aus dem Reiche des Königs Aars ihre Lieder, und die anderen hörten zu. Daraufhin sangen die Kinder aus dem

Reiche König Urs' ihre Lieder. Als sie begannen, sich gegenseitig ihre schönsten Lieder zu lehren, verstummten die Stimmen hinter der schwarzen Mauer. Und als sie zum erstenmal ein Lied miteinander sangen, schwang das gewaltige schwarze Tor geräuschlos auf und gab den Kindern den Weg frei.

Ein freundlicher Mond warf sein silbernes Licht auf die kleine Insel und spielte im Haar der Kinder. Nicht weit entfernt wölbte sich der Wall der Furcht; die schwertscharfen Pflanzenspitzen schimmerten tödlich. Die Kinder waren müde und vor allem waren sie froh, daß die schrecklichen Stimmen verstummt waren. In einer windgeschützten Ecke legten sie sich ins Gras, wärmten sich aneinander, und ihr Schlaf war ruhig und ihre Träume voller Lieder.

Die ersten Sonnenstrahlen des neugeborenen Tages drängten sich vorwitzig unter ihre Lider und weckten sie. Sie wischten sich den Schlaf aus den Augen und schüttelten den Tau aus den Haaren. „Wie sollen wir den Wall bezwingen?" fragten sie sich. Überall waren darauf noch die Spuren schwerer Kampfstiefel zu sehen; auch einige verrostete Rüstungen hingen noch auf den Spitzen der geheimnisvollen Pflanzen.

„Das werden wir nie schaffen", murmelte ein in zerrissene Lumpen gehüllter Junge, der nicht einmal Schuhe trug. Vorsichtig trat er an den Wall und hielt prüfend seinen nackten Fuß über die klingenscharfe Spitze einer Pflanze.

„Sie ist verschwunden!" schrie er dann erstaunt den anderen Kindern zu. „Kommt her! Kommt alle her und schaut euch das an! Die Spitze ist einfach verschwunden, als ich meinen Fuß darüber hielt!"

Aufgeregt liefen alle zu dem Jungen. Der versuchte es bei einer anderen Pflanze nochmals. Wieder zog sich die scharfe Spitze blitzschnell in die Erde des Walls zurück.

„Wir können über den Wall steigen!" Die Kinder tanzten jubelnd durch das noch taufeucht glänzende Gras. „Schnell zieht eure Schuhe aus! Die Stacheln durchbohren uns nicht!"

Barfuß und ohne die Erde zu verletzen gingen die Kinder vorsichtig über den gefährlichen Wall, und keines kam dabei zu Schaden.

Noch bevor sie mit ihrem nackten Fuß den dunklen Boden berührten, gaben die geheimnisvollen Pflanzen den Weg frei. Aufatmend versammelten sie sich hinter dem Wall am tiefen Graben des Stolzes. Dahinter ragte das Grabmal der Kaiserin auf. Auch den Teich konnten sie schon sehen. Die giftigen Nebel der Gier und des Neides lagen immer noch gefährlich über ihm.

„Alle Ritter stürzten hinab, als sie versuchten, ihn zu überqueren", murmelte Erina. „Wir dürfen keine Brücken darüber bauen. Wir müssen hinunterklettern und auf der anderen Seite wieder hinauf."

„Aber wie sollen wir da hinunterkommen?" Ein kleiner Junge sah furchtsam in den Graben hinab. „Es ist so tief. Und es stinkt!"

Erina lachte und sah in die Runde der Kinder: „Wir müssen eine Kette bilden und uns an den Händen halten. So kommen wir hinunter. Auf der anderen Seite muß einer dem anderen auf die Schultern steigen. So kommen wir wieder hinauf. Und gibt es wirklich einen hier, der sich vor ein wenig Schlamm fürchtet?"

„Nein! Nein!" schrien alle begeistert. „Kommt laßt uns anfangen."

So wie Erina es vorgeschlagen hatte, kletterten die Kinder in den tiefen Graben hinab. Eines vertraute auf die Hände des anderen. Unten wühlten sie sich durch den tiefen Schlamm, und auf der anderen Seite kletterten sie einander auf die Schultern. Die letzten zogen sie mit vereinten Kräften aus dem Graben empor. Sie waren ziemlich verdreckt und schlammüberkrustet. Aber das kümmerte niemanden. Im Gegenteil, sie hatten ihren Spaß daran und zogen die wildesten Grimassen, um sich gegenseitig mit ihren verschmierten Gesichtern zu erschrecken.

Schließlich versammelten sie sich um den Teich, in dem die Krone der alten Kaiserin liegen sollte. Giftgrün wallte der Nebel über dem Wasser.

„Was sollen wir jetzt tun?" wollte schließlich Antol von einem älteren Mädchen aus dem Land der aufgehenden Sonne wissen. „Ich weiß auch nicht", erwiderte diese mutlos und starrte in das flache Wasser.

„Was wollen wir eigentlich mit der Krone anfangen, wenn wir sie haben?" krähte plötzlich die Stimme eines Jungen. „Ich möchte sie mit nach Hause nehmen. Meine Eltern werden Augen machen!"

„Das will ich auch!" schrie ein anderes Kind, und plötzlich brüllten alle Kinder durcheinander und jedes wollte die Krone für sich. Aber sie waren schnell wieder still, denn das Wasser des Sees begann plötzlich Wellen zu schlagen. Die Nebel kreisten in einem gefährlichen Tanz, und es war, als ob die Dämpfe dichter und schwerer würden.

„Das dürft ihr nicht sagen!" rief Antol erschrocken und wich zurück. „Dies sind die Nebel der Gier und des Neides. Wir müssen etwas anderes mit der Krone tun!"

Die Nebelwirbel beruhigten sich wieder ein wenig.

Die Kinder setzten sich ratlos auf die Erde und starrten in die Luft oder auf den See.

„Meine Großmutter hat erzählt, die Kaiserin hätte gewünscht, daß ihre Krone auf dem Grabmal stehen soll, damit alle Menschen den Schein der Edelsteine sehen könnten."

Antol sah fragend in die schweigende Runde der Kinder.

„Ja, so wollen wir es machen", wurde beschlossen. Und als sie auf den See schauten, bemerkten sie, wie die giftigen Nebel dünner und dünner wurden, sich schließlich mit dem Wind vereinten und weggeblasen wurden in den klaren Mittagshimmel. Das Wasser lag still unter der Sonne, und mitten im See glänzte die Krone der Kaiserin.

„Komm, wir wollen sie holen", sagte das Mädchen aus dem Land der aufgehenden Sonne zu Antol und nahm ihn bei der Hand. Gemeinsam wateten sie in das flache Wasser und holten die Krone heraus. Als die beiden sie auf das Grabmal der Kaiserin legten, klatschten alle Kinder begeistert in die Hände, sprangen vor Freude in die Luft und schlugen Purzelbäume. Die drei Edelsteine der Krone, der Diamant der Weisheit, das Juwel des Verstehens und die sanfte Perle der Demut, fingen das Licht der Sonne ein und begannen zu leuchten und zu strahlen.

Mit einem gewaltigen Donnerschlag verschwanden der Graben des Stolzes, der Wall der Furcht und die Mauer des Hasses. Als ob niemand jemals die warme, sonnendurchflutete Stille der kleinen

Insel gestört hätte, lag diese inmitten des breiten Stromes, der sich behäbig seinem fernen Ziel zuwälzte.

Die Kinder blieben noch einige Tage auf der Insel. Dann brachen sie auf, um in ihre Länder zurückzukehren. Dort erzählten ihnen die Erwachsenen seltsame Neuigkeiten.

„Vor einigen Tagen", so berichteten sie, „kurz bevor die große Schlacht stattfinden sollte, gab es hier im Land ein gewaltiges Unwetter. Häuser sind zusammengebrochen, Mauern geborsten. Der Fluß ist über die Ufer getreten. Die Erde hat gezittert und gebebt. Viele Menschen sind auf die Straße gelaufen, weil sie dachten, das Ende der Welt sei gekommen. Laut schreiend flehten sie dort die alten Geister an. Niemals, so klagten sie sich an, wären sie mit der strengen, menschenfeindlichen Herrschaft des Königs einverstanden gewesen. Aber das Unwetter ging vorüber und die Erde blieb bestehen. Keinem geschah ein Leid. In der Hauptstadt jedoch wuchsen über Nacht unüberwindbare schwarze Mauern um den Palast, die Kultstätten der Priester und die Schulen. Dahinter sind gräßliche, haßerfüllte Stimmen zu hören. Niemand kann sie lange ertragen. Diese Stimmen berichten von einem Wall, der hinter der Mauer sei. Ein Wall, den niemand überwinden könne, der nicht die Furcht aus seinem Herzen gebannt hätte. Und dahinter sei ein tiefer Graben, über den keine Brücken gebaut werden könnten. Ein Graben, in den jeder falle, dessen Gefühl voller Stolz sei. Die Könige, ihre Berater, die Gelehrten, die Priester – alle sind sie dort eingeschlossen.

Nun erzählten die Kinder ihre Geschichte. Die Erwachsenen waren froh, wieder die lachenden Augen der Kinder zu sehen und das Funkeln der Sonne darin. Sie waren glücklich, der hartherzigen Hand ihrer Könige entronnen zu sein. Insgeheim jedoch schämten sie sich, weil sie selbst nicht gewagt hatten, den Weg zu der Insel der Kaiserin zu gehen. Aber sie schworen, dies wieder gutzumachen.

Über den breiten Strom bauten sie viele Brücken. Und an keiner gab es Wachtposten. Immer wieder besuchten Kinder und Erwachsene die Insel der Kaiserin und sonnten sich im Licht der drei Edelsteine.

Die Herrscher und deren Vertreter blieben gefangen in ihren Palästen und Häusern. Die Kinder riefen ihnen zwar oft zu, daß es einen Weg gäbe, den Graben des Stolzes, den Wall der Furcht und die Mauer des Hasses zu überwinden.

Aber soviel jetzt und heute bekannt ist, hat noch keiner der Eingeschlossenen einen Weg aus seinem Gefängnis gefunden.

Vielleicht müßten sie einfach ein wenig auf die Worte der Kinder hören.

Der Mondstein

Tiefe Stille lag über dem Platz, als Gwen die letzten Sätze des alten Märchenerzählers wiederholt hatte. Oyano saß mit geschlossenen Augen und trank seinen schon kalten Tee. Vereinzelt erhoben sich die Zuhörer und gingen langsam und nachdenklich zu ihren Häusern. Oyano wußte wohl, daß er mit diesem Märchen einen winzig kleinen Keimling in die Herzen der Menschen gepflanzt hatte. Ob daraus eine starke Pflanze werden würde, lag nicht mehr in seiner Macht.

Der Marktplatz war nun fast leer. Gwen sah jedoch, wie sich einige Gestalten in die Schatten der Häuser drückten und den Stand beobachteten. Das Mädchen berührte leicht Oyanos Arm, um ihm diese Entdeckung zu zeigen. Dieser hielt die Augen weiterhin geschlossen, nickte jedoch leicht mit dem Kopf. „Ich habe sie schon vor einiger Zeit bemerkt", flüsterte er. „Es scheint, als ob wir nicht allen Menschen dieser Stadt willkommen sind."

Mißtrauisch spähte Gwen zu den schemenhaften Gestalten hinüber. Ein ungutes Gefühl breitete sich in ihrem Bauch aus.

„Wir werden sehen", riß sie die leise Stimme Oyanos aus ihren Überlegungen. „Leg dich schlafen. Ich bleibe noch ein wenig hier sitzen. Wenigstens die Stille der Nacht scheint sich in meiner Heimatstadt nicht verändert zu haben."

Es schien, als wäre der alte Märchenerzähler friedlich eingeschlafen, so unbeweglich saß er. Aus den Schatten der Häuser lösten sich zwei, drei Gestalten und kamen langsam näher. Es waren Soldaten des Königs. Aufmerksam musterten sie den Stand und Oyano. Sie tuschelten leise. Ohne ein Geräusch verschwanden sie in einer der engen Gassen. Der Märchenerzähler erhob sich und schaute ihnen nachdenklich hinterher. Dann rollte er die Teppiche herunter und ging in seine Kammer.

Einmal erwachte Gwen in dieser Nacht und glaubte ruhelose Schritte zu hören. Auf und ab. Ab und auf. Doch sie war viel zu müde, um sich Gedanken darüber zu machen, was ihren Lehrmeister wohl nicht schlafen ließ.

Am frühen Morgen wurde das Mädchen durch Trommelwirbel aus dem Schlaf gerissen. Laute, befehlsgewohnte Stimmen schallten über den Platz. Erschreckt stürzte Gwen aus ihrer Kammer.

Oyano stand schon vorne am Stand. Das Mädchen drängte sich neben ihn und starrte hinaus. Zwischen berittenen Soldaten und Lanzenträgern zu Fuß standen viele Menschen.

„Wer von euch seinen Namen noch nicht auf diese Pergamentrolle geschrieben hat, kann dies jetzt tun!" ertönte eine herrische Stimme. „Wir brauchen alle wehrhaften Männer, um uns gegen die kriegerischen Umtriebe der Stadt auf den Klippen zur Wehr zu setzen!"

Gwen drückte sich enger an Oyano. Sie fürchtete sich vor diesem Mann mit der lauten, kalten Stimme.

„Unsere Kundschafter haben berichtet", rief der Mann weiter, „daß wir täglich mit einem Angriff auf unsere Stadt zu rechnen haben. Wenn wir ihnen nicht zuvorkommen, wird unsere Stadt bald nur noch ein rauchender Trümmerhaufen sein. Eure Töchter werden verschleppt werden, eure Frauen geschändet und eure Söhne ermordet. Es liegt an euch, dieses Unheil von der Stadt zu wenden!"

„Was geht hier vor, Oyano?" wollte Gwen wissen.

„Der König will die Nachbarstadt erobern", gab der Märchenerzähler leise zurück.

„Aber dieser Mann sagt doch gerade das Gegenteil!"

Oyano lachte bitter auf. „Wie sollte er sonst die Menschen davon überzeugen, eine Stadt zu überfallen, mit der seit langen Zeiten gute Nachbarschaft gehalten wurde?"

„Aber weshalb ...?" wollte Gwen fragen, doch Oyano unterbrach sie. „Weil er krank ist!" sagte er unwirsch und sah hinüber zu den Soldaten. Er atmete heftig, dann legte er Gwen eine Hand um die Schulter und murmelte: „Er hat Angst, jemand könnte ihm etwas wegnehmen. Er will nicht wahrhaben, daß niemand ihm etwas nehmen kann, da ihm ja nichts gehört. Er glaubt, die Stadt und alles was darin ist, sei sein."

Der Soldat mit der Pergamentrolle schaute inzwischen böse zu ihnen herüber. „Das ist dein Werk, alter Mann", brüllte er aufgebracht. „Niemand will sich heute unserem siegreichen Verteidigungsheer anschließen. Wir werden dich dafür zur Rechenschaft ziehen!" Wütend gab er den anderen Soldaten ein Zeichen, und die uniformierten Männer zogen mit donnernden Schritten ab.

„Wir werden sehen, junger Mann", flüsterte Oyano. Dann wandte er sich ab und ließ die Teppiche vor den Stand fallen. Er warf sich seinen alten, mit vielen Flicken ausgebesserten Umhang über. „Bleib du hier", bedeutete er Gwen. „Ich habe noch Besorgungen zu machen und will mich mit einigen alten Freunden treffen. Ich werde rechtzeitig wieder zurück sein. Glaube mir, heute abend werden viele Menschen auf ein Märchen warten."

Liebevoll drückte er das Mädchen an sich. Dann ging er.

Als Oyano am Nachmittag zurückkehrte, sah er schon von weitem, daß etwas geschehen sein mußte. Eine Menschenmenge hatte sich vor seinem Stand versammelt. Die buntgewebten, verblichenen Teppiche hingen zerfetzt vor dem Stand. Die Tür zum Haus war eingeschlagen. Überall waren die vielen kleinen Dinge verstreut, an denen das Herz des Märchenerzählers hing. Alte Bücher lagen zerissen auf dem Boden, seine Teekanne war zersprungen, Muscheln aus fremden Ländern lagen achtlos im Staub. Wie in einem bösen Traum ging Oyano durch die beiden verwüsteten Kammern seines Hauses. „Gwen", murmelte er immer und immer wieder. „Gwen." Doch er fand sie nicht.

Als er wieder auf den Stand kam, schimmerten Tränen in seinen Augen. Aber sein vom Alter gekrümmter Rücken schien sich mit jedem Atemzug aufzurichten. Und hinter den Tränen konnten die schweigenden Menschen einen entschlossenen Blick wahrnehmen.

„Kommt am Abend", flüsterte er. Alle auf dem weiten Platz konnten dieses Flüstern hören. „Die Zeit ist reif, den Märchen Leben einzuhauchen!"

Ohne ein weiteres Wort wandte er sich ab und ging in das Haus. Dort stieg er über die zerfledderten Bücher, kümmerte sich nicht um die verstreuten Muscheln oder die Splitter der Teekanne. Er ließ alles, wie er es angetroffen hatte, setzte sich auf die weichen Teppiche, schloß die Augen und nestelte unter seinem Umhang an einem Halsband. Schließlich hatte er den Knoten gelöst. An einer kunstvoll geflochtenen Lederkordel zog er einen seltsam geformten Stein hervor. Er ähnelte einem langgezogenen Tropfen und paßte gerade in die Hand des Märchenerzählers. Unzählige winzige Kristalle waren im mattglänzenden Schwarz des Steines eingeschlossen und glänzten wie Sterne im unendlichen All. „Nun muß ich dich also doch nochmals zum Leben erwecken, mein treuer Begleiter", murmelte Oyano und drückte den Stein gegen seine Stirn. So saß er Stunde um Stunde, wiegte sich sacht zu einem leisen Singsang, während draußen auch dieser Tag, gerade so, als sei nichts geschehen, dem Abend und der Nacht entgegenstrebte.

Als die Händler ihre Stände schlossen, war der Platz vor dem Märchenstand schon voll wartender Menschen. Die Entführung des Mädchens hatte sich im Nu in der ganzen Stadt herumgesprochen. Alle warteten gespannt, was geschehen würde.

Die zerfetzten Teppiche bewegten sich sacht im kühlen Abendwind, der die flimmernde Sonnenhitze des Tages vergessen ließ. Geduldig saßen die Menschen auf dem weiten Platz im Staub.

Einige Soldaten tauchten auf, als die Sonne endgültig Abschied genommen hatte und verbargen sich in dunklen Hauseingängen oder Nebengassen. Als Oyano endlich erschien, lag eine erwartungsvolle Spannung wie ein dichtgewobenes Netz über dem Platz. Der alte Märchenerzähler setzte sich an den kleinen Tisch. Sein Blick glitt in die Richtung, wo das Schloß hinter hohen Mauer verborgen stand. Er hob die linke Hand an die Stirn, so als wolle er all diejenigen grüßen, welche sich dort im Schloß in Sicherheit wähnten. Niemand auf dem Marktplatz konnte erkennen, daß Oyano, verborgen in der Hand, den Mondstein an seine Stirn führte und mit geschlossenen Augen tonlos einige Sätze in der alten, geheimen Sprache der Märchenerzähler sagte.

„Laßt euch dies eine Warnung sein", murmelte er. Dann wandte er sich wieder der Menge auf dem Platz zu. Er hielt den Mondstein fest umschlossen, als er leise zu erzählen begann. Der Wind schien seine Worte in jeden Winkel des großen Platzes zu tragen, denn jeder, auch die Soldaten hörten sie klar und deutlich.

„Keine Macht der Welt", begann Oyano und sah hinüber zu den Uniformierten, „kann einen Märchenerzähler daran hindern, denjenigen zu erzählen, die ihm zuhören wollen. Und so werde auch ich das alte Gesetz aller Märchenerzähler nicht brechen und erzählen, solange es notwendig ist und meine Stimme noch ein Ohr findet, welches nicht verschlossen ist."

Es war so still, daß in der Ferne das Rauschen der Wellen zu hören war. Oyano griff nach einer Flasche und schenkte sich Wein ein. Mit einem Schluck trank er den Becher leer. „Heute haben Unbekannte meine Schülerin Gwen entführt. Vielleicht glaubten sie, mich dadurch abhalten zu können, jetzt wieder hier zu sitzen." Seine Stimme wurde ein wenig lauter, und all diejenigen, welche ihn aus früheren Zeiten kannten, bemerkten, daß plötzlich ein drohender Ton mitschwang. „Einem Märchenerzähler nicht zu glauben, ist jedermanns gutes Recht. Aber mich, Oyano, einen Meister der unsterblichen Gilde der Märchenerzähler zu bedrohen, das kann nur jemand wagen, der die Macht der Märchen nicht kennt."

Er saß still, aber seine Augen sprühten vor Leben und Kraft. Nochmals hob er die linke Hand mit dem Mondstein an seine Stirn und starrte dorthin, wo das Schloß stand. Dann richtete er sich ein wenig auf und sah in den Himmel. Der Mond stand bereits hoch und nahezu rund über dem Marktplatz. Oyano lächelte ihm zu. Dann begann er ...

... und während Oyano sein Märchen den vielen Menschen auf dem Marktplatz erzählte, ereignete sich im Schloß des Königs Unheimliches ...

Der Drache des Schreckens

Das Land war grau geworden. Düster und schwer drückten die Wolken auf die einst fruchtbare Erde. Die Menschen huschten, in Trauerkleider gehüllt, wie gesichtslose Schatten durch die meist ausgestorbenen Straßen. Fest verschlossen waren die Stadttore. Fremde, die um Einlaß und Quartier baten, erhielten keine Antwort.

Das war nicht immer so gewesen. Einst blühten in dieser Stadt Handel und Kunst. Die Menschen hatten glücklich gelacht und sich auf jeden neuen Morgen gefreut. Die Stadttore waren auch nachts weit geöffnet gewesen, und der Schlüssel der Stadt hatte seinen Platz an einem großen Stein mitten auf dem Marktplatz gehabt. Jeder hätte ihn sich nehmen können. So war es auch in allen anderen Städten des Landes gewesen. Bis zu jenem unglückseligen Tag, an dem die Ritter der Angst in das Land eingefallen waren.

Heute weiß niemand mehr, wie sie ihren Weg in dieses glückliche Land gefunden haben. Eines Nachts waren sie plötzlich da.

Sengend und plündernd zogen sie durch die Stadt. Auf dem Marktplatz entzündeten sie ein großes Feuer, und alle Menschen der Stadt wurden auf den Platz getrieben. Die Ritter raubten den alten Stadtschlüssel und verkündeten: „Jedes Jahr werden wir wieder in diese Stadt kommen. Ihr werdet uns gebührend empfangen und mit allem versorgen, was wir benötigen. Vor allem aber habt ihr zehn junge, kräftige Männer mit Waffen, Rüstungen und Pferden bereitzustellen. Sie werden mit uns kommen. Falls ihr diese Forderungen nicht erfüllt, ketten wir den Drachen des Schreckens los und hetzen ihn auf eure Stadt. Sein giftiger Atem und sein Feuer würden die Stadt zerstören!"

Daraufhin verschlossen die Ritter der Angst die Stadttore und zogen weiter. Die Menschen flüchteten in ihre Häuser und hofften, dies alles möge nur ein böser Alptraum sein. Das Leben auf den Straßen und Plätzen erstarb, und nur noch in der Dämmerung schlichen einige graue Gestalten blicklos durch die Straßen. Die Ritter der Angst hatten wirklich ganze Arbeit geleistet: Die Menschen waren ohne Hoffnung, und mit der Hoffnung stirbt auch die Liebe und das Vertrauen in sich selbst und andere.

Jedes Jahr kamen die Ritter der Angst wieder in die Stadt und nahmen zehn bewaffnete Männer mit sich. Niemand wußte, wohin diese gebracht wurden. Kein Mensch wagte darüber zu reden.

Eines Jahres trafen sich in einem versteckten Winkel bei der Stadtmauer drei junge Männer.

„Wir werden als Nächste dran sein", flüsterten sie einander zu. „Die Ritter der Angst sind auf dem Weg hierher. Immer mehr Dörfer und Städte belegen sie mit ihrem Fluch. Unsere Väter lassen schon Rüstungen anfertigen, und nachts weinen sich unsere Mütter die Augen aus. Am Tag bevor die Ritter der Angst in die Stadt kommen, wollen wir Rüstungen, Waffen und Pferde nehmen und aus der Stadt fliehen."

So wie sie es geplant hatten, geschah es. Am Abend, das Heer der Ritter der Angst ließ schon die Erde zittern, der Staub der vielen Pferde verdunkelte den Horizont, stahlen sich die drei Männer aus ihren Elternhäusern. Bei der Stadtmauer trafen sie sich. Durch einen von Büschen und Efeu überwucherten Mauerspalt, im hintersten Winkel der Stadt, gelangten sie nach draußen. Sie konnten sehen, wie die Ritter der Angst in die Stadt einzogen und hören, wie sie tobend durch die Straßen preschten. Am nächsten Morgen verließen die Ritter die Stadt. Zehn junge Männer ritten mit hängenden Köpfen hinter ihnen her.

„Wir wollen ihnen heimlich folgen", beschlossen die drei Männer in ihrem Versteck, „vielleicht gehen sie zum Drachen des Schrekkens. Wenn wir ihn töten, ist das Land wieder frei."

Vorsichtig und mit großem Abstand ritten sie hinter dem Heer durch das Land. Immer wieder mußten sie mitansehen, wie die Ritter der Angst nachts in eine Stadt eindrangen und mit weiteren gerüsteten Männern am nächsten Tag davonzogen.

Schließlich führte sie ihr Weg auf einen gewaltigen Berg zu, der den diesigen Horizont beherrschte. Tagelang änderte sich die Richtung des Heeres um keinen Zoll. Doch eines Abends stellten die Verfolger fest, daß die Ritter der Angst um ein kleines Waldstück offenbar einen großen Bogen geschlagen hatten. Da die Sonne bereits untergegangen war, beschlossen die drei Männer, im Schutze dieses Wäldchens zu übernachten. Als die Nacht das Land und den Himmel in ihre dunkle Hand genommen hatte, sahen sie, ganz in ihrer Nähe, ein kleines Licht durch die Bäume schimmern. Vorsichtig und leise gingen die drei Männer darauf zu. Verborgen unter dem dichten Dach einiger Erlen, kamen sie zu einer kleinen Hütte, deren Fenster ein wärmendes Licht zeigten. Neugierig gingen sie näher, nicht ohne die Lanzen fest in den Fäusten zu halten. Als sie durch eines der Fenster schauten, sahen sie eine junge Frau, fast noch ein Mädchen, lesend an einem Tisch sitzen. Die Angst der drei Männer verflog wie ein feuchter Morgennebel, wenn die Kraft der Sommersonne ihn durchdringt. Sie klopften, und das Mädchen empfing sie freundlich. Als sie jedoch mit ihren Rüstungen, den Schwertern, Lanzen und Schilden in das Haus gehen wollten, versperrte sie ihnen den Weg.

„Niemals sah ich in meinem Haus eine Waffe", sprach sie, „und so soll es auch bleiben."

Nach kurzem Zögern legten die drei Männer ihre Rüstungen und Waffen vor dem Haus ab und traten dann ein. Das Mädchen bat sie an den Tisch, reichte ihnen kühles Wasser, salziges Brot und eine heiße Suppe.

„Ihr seht traurig und niedergeschlagen aus", sagte sie dann. „Welche Last drückt auf eure Schultern, wer hat euch das Lachen genommen?"

Die Männer erzählten dem Mädchen von ihrer Stadt, den Rittern der Angst und ihrem Vorhaben, den Drachen des Schreckens zu suchen, um ihn zu besiegen.

„Vielleicht kann ich euch helfen", erwiderte das Mädchen und musterte die drei Männer aufmerksam. „Aber dazu brauche ich ein wenig Zeit. Morgen früh werden wir weitersehen."

Die drei jungen Männer schliefen in einer kleinen Kammer tief und traumlos. Gestärkt und voller Mut erwachten sie und bestürmten das Mädchen, zu sagen, wie es ihnen denn helfen wolle.

„Ich will euch einen Tausch vorschlagen", erwiderte dieses lächelnd. „Den Drachen des Schreckens kenne ich gut. Ich weiß, wie ihr ihn überwinden könnt."

Aufgeregt waren die drei Männer aufgesprungen: „Gutes Mäd-

chen, schnell sagt uns, wie wir das anstellen können!"
„Es sind zwei Dinge, die ihr erfüllen müßt", bekamen sie Auskunft.
„Ich werde euch dieses Kästchen mitgeben. Wenn ihr mutlos und
ohne Hoffnung seid, dann öffnet es. Vorher nicht. Ich kann euch
dieses Kästchen jedoch nur geben, wenn ihr mir dafür eure Lan-
zen hierlaßt. Die zweite Bedingung ist: Ihr müßt zu meiner älteren
Schwester reiten, die drei Tagesritte von hier am See der warmen
Quellen wohnt."
Die drei Männer waren nicht sehr begeistert. Wie sollten sie ohne
ihre langen Lanzen den Drachen des Schreckens besiegen können, und wie sollten sie ihn finden, wenn sie der Spur des Heeres
nicht weiter folgten? Unentschlossen standen sie in der kleinen
Hütte und sahen sich an. Schließlich sagte das Mädchen: „Meine
Schwester kennt den Drachen des Schreckens auch. Ihr werdet
dort wertvolle Hilfe erhalten."
Als die Männer dies hörten, beschlossen sie, den Worten zu
vertrauen und gaben ihre Lanzen her. Kaum berührte sie das
Mädchen, schmolzen die scharfen, gehämmerten Spitzen und
tropften auf die Erde. Die Schäfte zersplitterten und brachen. Verwundert schauten die Männer zu. Sie wagten jedoch nicht, irgend-
welche Fragen zu stellen. Das Mädchen gab den Männern ein
kunstvoll verziertes Kästchen, beschrieb ihnen nochmals den
Weg, umarmte jeden von ihnen und winkte ihnen lange nach.
Drei Tage ritten die Männer und entfernten sich dabei mehr und
mehr vom Heer der Ritter der Angst. Am Abend des dritten Tages
erreichten sie endlich, müde und erschöpft, einen See, dessen
Wasser wunderbar warm war. Ohne Schwierigkeiten fanden sie
das Haus, welches ihnen beschrieben worden war. Auf einer
Bank davor sahen sie eine junge Frau sitzen, die ein Lied summte
und sich die Haare bürstete. Als sie die Männer sah, erhob sie sich
und ging ihnen entgegen.
„Willkommen Fremde!" rief sie ihnen zu. „Nehmt euren Pferden
die Decken ab und laßt sie trinken. Und ihr selbst erfrischt euch im
See."
Nur zu gerne gehorchten die Männer der jungen Frau. Einladend
schimmerte das warme Wasser des Sees. Nach dem Bad fühlten

sie sich so kräftig wie noch niemals zuvor in ihrem Leben. Voller Tatendrang wollten sie ihre Rüstungen wieder anlegen. Die junge Frau jedoch kam lachend aus dem Haus. „Wenn ihr etwas zu essen haben wollt, müßt ihr eure Rüstungen schon hier liegen lassen und auch die Waffen laßt bitte vor der Tür. Solange ich hier wohne, soll kein Kriegswerkzeug in diesen Räumen lärmen."
Die drei Männer waren zwar ein wenig mißmutig, aber sie hatten auch Hunger. Ohne Rüstungen und Waffen traten sie in das Haus und setzten sich an den Tisch.
„Ihr wurdet von meiner Schwester geschickt, nicht wahr?"
„Woher weißt du das?" Die drei waren erstaunt, denn sie hatten noch nicht gesagt, woher sie kamen.
„Ich habe ihr Kästchen am Sattel eines eurer Pferde gesehen", erwiderte die Frau. „Was wollt ihr von mir?"
Die Männer berichteten wieder von ihrer Stadt, den Rittern der Angst und ihrem Plan, den Drachen des Schreckens zu töten. Die junge Frau hörte aufmerksam zu. Schließlich meinte sie: „Ich kenne den Drachen gut. Früher habe ich mit ihm gespielt, und wir waren gute Freunde. Aber seit er von den Rittern der Angst gefangen worden ist, habe ich ihn nicht mehr gesehen."
Die drei Männer zuckten zusammen. Diese Frau wollte mit dem Drachen des Schreckens gespielt haben? Sie sehnten sich nach ihren Schwertern. Die Nähe des geschmiedeten Eisens, die kühle Härte des Schwertgriffs wäre eine Beruhigung gewesen. Aber die junge Frau lachte sie an und wischte damit alle ihre Ängste weg.
„Ich werde euch helfen. Doch ich brauche Zeit, um meine Vorbereitungen zu treffen. Legt euch hin, ruht euch aus bis morgen früh. Dann werden wir weitersehen."
Daraufhin verließ sie das Haus und ging am Ufer des Sees entlang. Die drei Männer schliefen bis in den frühen Mittag. Als sie erwachten, wurden sie von der Frau wieder in den See geschickt, und wie am vergangenen Abend fühlten sie die erfrischende Kraft des warmen Wassers. Als sie zum Haus zurückkamen, sagte die junge Frau: „Ich kann euch weiterhelfen, aber es gibt zwei Dinge, die ihr erfüllen müßt. Meine ältere Schwester wohnt drei Tagesritte von hier am Rande einer großen Schlucht. Ihr müßt sie besu-

chen, denn dort werdet ihr wichtige Ratschläge bekommen. Als zweites müßt ihr mir eure Rüstungen hierlassen. Dafür gebe ich euch ein Kästchen mit. Wenn ihr nicht mehr ein noch aus wißt und sich eure Gedanken vor Angst überschlagen, dann öffnet es. Eßt von den Blättern, die darin liegen, und ihr werdet hören, wie euer Herz zu euch spricht."

Wieder zögerten die Männer lange und besprachen sich ausführlich. Schließlich meinte einer von ihnen: „Vielleicht sind unsere Rüstungen beim Kampf gegen den Drachen nur hinderlich. Ohne sie sind wir viel schneller und wendiger. Ich glaube, die Frau weiß schon, was sie uns rät. Schließlich kennt sie den Drachen recht gut."

Die Männer gaben der jungen Frau die Rüstungen, und diese warf sie in den See. Danach reichte sie ihnen das kleine Kästchen, beschrieb ihnen nochmals den Weg, und die drei Männer ritten los. Ohne das Gewicht ihrer schweren Rüstungen kamen sie schnell voran. Trotzdem brauchten sie drei Tage, bis sie an den Rand der gewaltigen Schlucht kamen, wo das Haus der ältesten Schwester stehen sollte. Der Weg wurde immer enger und gefährlicher. Wie ein dünner Spinnfaden wand er sich am Rand der Schlucht entlang. Die Männer mußten von ihren Pferden absteigen und sie vorsichtig hinter sich am Halfter führen. Steil stürzte der Abgrund neben dem schmalen Pfad in die Tiefe, und wenn die Pferde Steine lostraten, dauerte es lange, bis aus der dunklen Tiefe der Aufprall zu hören war.

„Hoffentlich hat diese Schwester nicht nochmals eine Schwester", murmelte einer der Männer und blickte vorsichtig in die Schlucht hinunter. Am Abend sahen sie endlich ein kleines Haus. Es schmiegte sich an den Berg, und die drei schüttelten verwundert die Köpfe: „Wie kann man nur hier ein Haus bauen? Ein Steinschlag genügt, und das ganze Haus wird in die Tiefe gerissen." Auf einem kleinen, in den Felsen geschlagenen Platz, konnten sie ihre Pferde anbinden.

Als sie vorsichtig an die Holztür klopften, hörten sie eine Frauenstimme: „Wer immer es ist, er möge hereinkommen, wenn er Frieden in seinem Herzen trägt." Die Männer sahen sich betreten an.

Dann legten sie ihre Schilde und Schwerter ab und öffneten die Tür. In der Mitte des Raumes saß eine alte Frau in einem bequemen Sessel und lächelte sie an.

„Seid mir willkommen, Fremde. Was führt euch zu mir?"

Die drei Männer berichteten der Frau, wie deren Schwestern zuvor.

„Ja", sagte die alte Frau, „ich glaube, ich kann euch helfen, doch zuvor ruht aus. Morgen früh werden wir weitersehen."

Es geschah, wie die alte Frau es wünschte. Nach dem Essen bereiteten sich die Männer ihr Lager in einem Zimmer des Hauses. Obwohl unter ihnen die Schlucht in dunkle Tiefen stürzte, schliefen sie gut und erwachten am Morgen voller Mut. Die alte Frau wartete schon auf sie.

„Wenn ihr heute weiterzieht, folgt der Schlucht. Der Weg ist nicht leicht zu gehen. Achtet auf jeden Schritt, sonst stürzt ihr in die Tiefe. Danach werdet ihr wieder den großen Berg sehen. Dort wird der Drache von den Rittern der Angst gefangen gehalten. Ich werde euch dieses Kästchen mitgeben. Es wird euch helfen, den Drachen zu überwinden."

Die Männer bedankten sich. Das Kästchen wog schwer in ihren Händen. Dann traten sie vor die Hütte und suchten nach den Schwertern. Doch sie fanden nur noch ihre Schilde.

„Wo sind unsere Schwerter?" riefen die drei entsetzt, „ohne sie sind wir völlig hilflos!"

Die alte Frau trat zu ihnen: „Ich habe sie genommen, denn sonst hätte ich euch dieses Kästchen nicht geben können. Glaubt mir, eure Schwerter hätten nichts genutzt gegen den Drachen. Wenn ihr ihm aber gegenübersteht und nicht mehr weiter wißt, dann öffnet dieses Kästchen."

Niedergeschlagen standen die drei Männer vor der Frau. Endlich hob einer den Kopf und sah sie an: „Wer seid Ihr, alte Frau? Und wer sind Eure Schwestern?"

„Habt ihr sie nicht danach gefragt? Das wundert mich. Die Ritter der Angst müssen schon sehr mächtig geworden sein, wenn ihr nicht einmal mehr wagt, fremde Menschen nach dem Namen zu fragen." Die alte Frau schüttelte besorgt den Kopf. „So wißt also,

46

meine jüngste Schwester, ist die Fee der Hoffnung. Sie ist noch fast ein Kind. Aber ihre Kraft wächst von Tag zu Tag. Ihre ältere Schwester ist die Fee der Liebe. Manchmal ist sie sehr enttäuscht und sieht fast keinen Weg mehr. Aber sie gibt nicht auf, und sie hat recht, denn zu verlieren hat sie nichts. Sie kann nur siegen. Und ich, die ich meine beiden Schwestern behütet und umsorgt habe, während sie größer wurden, ich bin die Fee des Vertrauens. Manche meinen, meine Kraft sei schon erloschen, weil ich so alt bin, aber glaubt mir, meine Kraft wird niemals schwinden. Sie ist so beständig wie die Welt. Deshalb geht jetzt und laßt euch nicht beirren. Denkt an unsere Worte und euch wird nichts geschehen."
Die drei Männer gehorchten der alten Frau und alles war, wie sie es ihnen gesagt hatte. Der Weg durch die Schlucht war gefährlich. Manchmal wollten sie nicht weitergehen, aus Angst, in die Tiefe zu stürzen. Aber in ihren Herzen trugen sie die Erinnerung an die drei Schwestern; das gab ihnen Kraft, Mut und Zuversicht. Sie überwanden die Schlucht und sahen nun den hohen Berg vor sich. Drei Tage ritten sie darauf zu. Als sie den Fuß des Berges erreicht hatten, konnten sie den Gipfel nicht mehr erkennen. Er schwebte irgendwo weit über ihnen in dunklen, bedrohlichen Wolken. Ratlos suchten die drei Männer nach einem Weg zwischen den großen Felsen und dem losen Geröll. Aber nirgendwo fanden sie einen Hinweis auf einen gangbaren Pfad. Verzweifelt sahen sie sich an: "Was sollen wir jetzt tun? Es gibt keinen Weg hinauf zum Gipfel. Wir werden uns verirren oder abstürzen!" meinte einer von ihnen mutlos.
„Laßt uns das erste Kästchen öffnen", sagte darauf der zweite. Die Männer öffneten das Kästchen, welches ihnen die Fee der Hoffnung mitgegeben hatte. Als sie den Deckel zurückklappten, schwebte daraus ein blaues Licht, das mit strahlendem Glanz leuchtete. Es schien ein wenig zu warten, dann entfernte es sich langsam. „Das Licht zeigt uns einen Weg. Schnell, wir wollen ihm folgen."
Weil aber das dritte Kästchen so schwer war, mußten es zwei Männer gemeinsam tragen, und der dritte brauchte beide Hände, um das andere Kästchen mit sich zu nehmen. So kam es, daß sie am

Fuße des Berges auch noch ihre Schilde zurücklassen mußten. Ohne Waffen und ohne Schutz folgten die Männer dem blauen Licht den Berg hinauf. Bald wurden auch sie von den dunklen Wolken eingehüllt. Die Luft war dick, und es roch nach Moder, Tod und Verwesung. Schließlich stand das Licht still. Als die Männer näherkamen, sahen sie, daß sie den Gipfel des Berges erreicht hatten. Das Licht schwebte höher und erleuchtete einen weiten Platz. Und dort lag der Drache des Schreckens. Sein gewaltiger, schuppenbesetzter Kopf lag auf den Vorderpranken, die mit fürchterlichen Krallen bewehrt waren. Die mächtigen Schwingen hatte er zusammengefaltet, die Augen geschlossen. Er schlief. Vor dem Drachen, auf dem felsigen Platz, sahen die drei Männer Spuren wilder Kämpfe. An den Steinen klebte getrocknetes Blut. Schwerter und Schilde, Rüstungen und Lanzen, Gerippe und Knochen lagen verstreut.
„Ich habe Angst", flüsterte einer der Männer – und das blaue Licht leuchtete ein wenig stärker.
„Ich auch", sagte der zweite, und wieder schien das Licht zu wachsen. „Mir geht es genauso." Die Stimme des dritten Mannes war völlig tonlos – und jetzt strahlte das blaue Licht heller als die Mittagssonne.

Der Drache blinzelte und bewegte sich unruhig. Wahrscheinlich hatte diesen düsteren Ort sogar die Sonne gemieden. Die grauen, gelben und schwarzen Wolken, die den Gipfel umhüllten, waren auch zu dicht und dick.

Jetzt hob der Drache den Kopf.

Die drei Männer wichen zurück.

„Er öffnet die Augen", stieß einer atemlos zwischen blutleeren Lippen hervor.

Der Drache blickte sie an, sah ihnen direkt in die Augen. Sein Blick war traurig und voller Sehnsucht. Er schüttelte das mächtige Haupt, als wolle er den Schlaf vertreiben oder eine böse Erinnerung. Er erhob sich, und die drei Männer sahen, daß er auf einer unzähligen Zahl von Schlüsseln gelegen hatte.

„Die Stadtschlüssel", murmelte einer der Männer. „Hier sind die Stadtschlüssel versteckt. Wir müssen sie zurückbringen!"

Und dann entdeckten die drei Männer die Ketten, welche den Drachen hier auf dem Berggipfel festhielten. Dicke, starke Eisenketten, mit schweren Schlössern versehen, lagen ihm um Hals und Beine. Der Drache konnte sich zwar bewegen, fliegen jedoch konnte er nicht. Er begann seine mächtigen Schwingen zu entfalten. Hilflos schlug er damit durch die Luft. Es rauschte wie bei einem Herbststurm im dichten Wald. Fauchend und drohend öffnete er sein Maul und bewegte sich ein wenig auf die drei Männer zu. Sie konnten den heißen Atem auf ihrem Gesicht spüren und wichen soweit zurück, wie es nur ging.

„Schnell", rief einer der Männer „wir öffnen das zweite Kästchen." Hastig entnahmen sie dem zweiten Kästchen die Blätter, welche ihnen die Fee der Liebe mitgegeben hatte, und aßen sie. Zunächst schien sich nichts verändert zu haben. Unbezwingbar und gewaltig stand der Drache auf dem Platz. Die Ketten an seinen Beinen waren zum Zerreißen gespannt und zitterten. Als die Männer schon glaubten, die Fee der Liebe hätte sie beschwindelt und ihre Macht sei eben doch zu schwach, hörten sie plötzlich eine sanfte Stimme: „Fremde, hört mich an. Bitte hört doch. Ich will euch nichts tun. Hört ihr mich denn nicht?"

Verwundert blickten sich die drei Männer um. Es war niemand da, die seltsame Stimme klang auch nicht in ihren Ohren. Sie schien direkt in ihren Herzen zu sprechen.

„Hier!" sprach die sanfte Stimme weiter, „ich bin es, der zu euch spricht. Könnt ihr mich wirklich hören? Könnt ihr mich verstehen?"

„Es ist der Drache!" Die Männer überlief ein Schauer, so als ob sie einen bösen Traum verscheuchen wollten, schüttelten sie sich. „Der Drache des Schreckens spricht zu uns."

„Ich bin kein Drache des Schreckens." Wieder hörten sie die Stimme in ihren Herzen, und jetzt sahen sie auch, wie sich die lange, rauhe Zunge des Drachen bewegte. „Ich bin ein Drache der Lüfte, ein Drache der Freude und des Spiels. Die Ritter der Angst nahmen mich gefangen und ketteten mich hier fest. Sie fürchten sich vor mir, denn wenn ich frei bin, wenn mich keine Ketten behindern, verlieren sie ihre Macht. Ich kann sie aus dem Land vertreiben. Da sie selbst nicht stark genug sind, mich zu vernichten, bringen sie jedes Jahr eine Unzahl junger Männer, die mit mir kämpfen müssen. Ihr seid die ersten, die nicht von den Rittern der Angst hierher gebracht wurden. Ihr seid die ersten, die ohne Waffen kommen. Und ihr seid die ersten, die mich verstehen können, zu denen ich sprechen kann. Bitte, bindet mich los und laßt mich wieder fliegen. Ein Drache der Freude verkümmert, wenn er angekettet ist."

Unsicher standen die drei Männer dem Drachen gegenüber. Die Blätter der Fee der Liebe hatten ihre Herzen zwar geöffnet, aber sie zögerten noch und wußten nicht, ob sie den Worten des Drachens glauben konnten.

Schließlich erinnerten sie sich an das dritte Kästchen. Als sie es öffneten, sahen sie darin ihre drei Schwerter. Aber die scharfen Klingen waren umgeschmiedet. Aus jedem Schwert hatte die Fee des Vertrauens einen großen Schlüssel geformt. Da verstanden die drei Männer: Sie nahmen die Schlüssel, die früher einmal ihre Schwerter gewesen waren, und traten zu dem Drachen. Dieser zerrte vor Aufregung und Freude an den dicken Ketten, als jeder der Männer eines der großen Schlösser öffnete.

Dann entfaltete er seine gewaltigen Schwingen und ließ sie einige

Male, so als müsse er erst wieder ihre Kraft prüfen, die Luft zerteilen. Mit den gelenkigen Vorderpranken nahm er vorsichtig alle Stadtschlüssel an sich: „Ich werde sie zurückbringen", hörten die Männer wieder die Stimme in ihren Herzen, „habt Dank für eure Liebe und euer Vertrauen. Niemals wieder werden die Ritter der Angst dieses Land heimsuchen."

Dann schwang er sich mit einem mächtigen Flügelschlag vom Gipfel des Berges empor, und mit jedem Schwung seiner Flügel wischte er die dichten Wolken ein wenig mehr zur Seite.

Das blaue Licht der Hoffnung erlosch langsam, und an seiner Stelle brach die Sonne eines neuen Tages durch den letzten Rest der düsteren Wolkenschleier.

Die Verurteilung

Kein Mensch im Schloß fand in dieser Nacht Schlaf. Gespenstische Schemen rumorten in den Gemächern. Ein Heer schwergerüsteter Krieger zog, in nimmermüder waffenklirrender Formation, Stunde um Stunde durch die prunkvollen Säle. Im Thronsaal lag ein fauchender und feuerspeiender Drache. Voller Angst brüllte der König nach seiner Leibwache. Doch niemand kam zu ihm. Keiner wagte, im Schloß umherzugehen. Zu groß war die Angst vor den unheimlichen Erscheinungen, welche in dieser Nacht das Schloß beherrschten.

Erst mit der beginnenden Dämmerung verschwanden die nächtlichen Erscheinungen.

Schweißüberströmt und totenbleich lag der König in seinem breiten, weichen Bett.

„Wachen!" schrie er jetzt wieder.

Endlich hörte er polternde Schritte. Die Tür seines Schlafgemaches wurde aufgerissen, und Männer stürzten herein, blanke Schwerter in den Händen.

„Holt mir das Mädchen aus dem Kerker und bringt sie in den Thronsaal!" befahl der König.

Gefesselt wie ein gefährlicher Feind wurde Gwen vorgeführt.

„Heute Nacht noch sollst du auf dem Marktplatz vor aller Augen hingerichtet werden!" fuhr sie der König an.

Erschrocken zuckte das Mädchen zusammen.

„Wir wissen wohl", sprach der König weiter, „daß du eine Hexe bist. In der vergangenen Nacht hast du die bösen Mächte angerufen, damit sie kommen, um dich zu befreien. Aber es ist ihnen nicht gelungen!" Hämisch lachte er auf. „Bringt sie wieder in den Kerker und laßt sie nicht aus den Augen!" befahl er seinen Wachen.

Die Nachricht von der bevorstehenden Hinrichtung verbreitete sich schneller, als der Wind der Wüste den Sand in die Lüfte wirbeln kann. Auch Oyano erfuhr davon, denn die Menschen bestürmten ihn, zum König zu gehen und um Gnade zu bitten. Doch der Märchenerzähler zog sich, nachdem er die Nachricht erhalten hatte, wortlos in sein Haus zurück.

Am späten Nachmittag jedoch, das bunte Treiben auf dem Marktplatz war noch in vollem Gange, die Händler feilschten und schwatzten geschäftig, rollte Oyano die Teppiche hoch, rückte seinen Tisch auf den Stand, setzte sich auf den Stuhl daneben und füllte seinen Becher aus einer verstaubten Karaffe mit dunkelrotem Wein. Nach und nach verstummte das Reden.

Dies war eine ungewohnte Zeit für den Märchenerzähler. Die Sonne war noch nicht hinter dem Horizont verschwunden. Als alle in erwartungsvoller Stille verharrten, begann Oyano zu sprechen.

„Es ist ein langes Märchen, welches ich euch heute erzählen will. Und ich muß rechtzeitig damit fertig sein, denn der König dieser Stadt will heute Nacht auf diesem Platz seine Macht für alle sichtbar machen."

Er trank seinen Becher leer. Dann forderte er die Menschen auf: „Laßt eure Geschäfte ruhen. All dies, was euch jetzt gerade so wichtig erscheint, könnt ihr auch noch morgen tun. Doch mein Märchen, und alles was weiter geschieht, wird nur heute sein."

Schweigend gehorchten die Menschen. Die Händler verschlossen ihre Stände, Frauen und Männer stellten ihre Körbe neben sich in den Staub des Platzes, Kinder kuschelten sich in die Arme ihrer Eltern. Alle setzten sich so nahe wie möglich an den Stand des Märchenerzählers, während streunende Hunde leise knurrend nach freßbaren Resten schnüffelten.

Oyano goß sich seinen Becher nochmals voll, hob den Mondstein in seiner linken Hand an die Stirn und verharrte so einige Zeit. Und während im Schloß der Henker sein Schwert sorgfältig schärfte, der König im Thronsaal ruhelos hin- und herschritt, Gwen in starken Ketten im Kerker lag und keinen Augenblick unbeobachtet blieb, stieg ein leuchtender Mond über den Horizont, und Oyano begann zu erzählen ...

Die Blüte des Lebens

Dalan, der Abenteurer, war viel in der Welt herumgekommen. Die Hufe seines Pferdes hatten den Lehm der schweren Erde des Westens durch die Luft geworfen und waren im heißen Sand des Ostlandes versunken. Über die dürre Haut der Steppe waren die beiden geflogen, und mit wütenden Schlägen hatten sie den Takt des Kampfliedes auf manchen Felsboden getrommelt. Die vernarbten Arme Dalans zeugten davon: Er war ein Kämpfer und Abenteurer, niemandes Knecht und niemandes Herr. In den Furchen seines Gesichtes konnten Geübte die Spuren vieler Wanderungen und Kämpfe nachlesen. Vor nichts und niemandem hatte Dalan Angst gehabt, bis zu jenem Tag, welcher sein Leben verändern sollte …

Nach einem langen, staubigen Tagesritt war er kurz nach Einbruch der Dunkelheit zu einer kleinen Hütte gekommen. Einladend kräuselte sich Rauch aus einem verwitterten Schornstein. Irgendwo blökte ein Schaf. Die zwei Pferde in der Koppel prüften den fremden Geruch von Dalans Pferd und schnaubten mißtrauisch. Ein Käuzchen schwebte lautlos aus dem Geäst einer Fichte und verschwand in der Dunkelheit.

Höflich und ohne Argwohn trat Dalan in die Hütte und bat um ein Nachtlager und ein wenig Essen. Der alte Mann, der geschäftig sein Feuer in Gang hielt, bot ihm beides. Dalan konnte nicht ahnen, daß der Alte Lutrowa war, ein machtgieriger, böser Magier, und so nahm er dessen Gastfreundschaft dankbar an.

Dalan schlief schlecht in dieser Nacht. Im Kamin barsten die Holzscheite, und es hallte in der kleinen Hütte wie Kampfgetöse. Er träumte von feuerspeienden Drachen, die ihn in die Enge trieben, von vielköpfigen Schlangen, die ihn zu erwürgen versuchten, von Geiern, die mit blutverschmierten Schnäbeln nach ihm hackten. Schweißüberströmt riß er die Augen auf.

„Böse Träume", versuchte er sich zu beruhigen, „nur böse Träume." Als er sich jedoch aufrichten wollte, stellte er fest, daß er sich nicht mehr bewegen konnte. Wie festgenagelt lag er auf dem Lager. Arme, Hände und Beine, sein ganzer Körper war starr und gelähmt. Nur die Augen gehorchten noch seinem Willen. Irgendwo glaubte Dalan den Schein einer kleinen Kerze zu erkennen.

Das Feuer im Kamin züngelte nur noch schwach; die verglimmenden Holzscheite warfen ihre Glut in dunkelrotem Schein an die Wand.

Dann hörte Dalan leise, schlurfende Schritte. Ein düsterer Schatten wanderte über die Wand. Verzweifelt versuchte er, sein Messer zu erreichen. Schweiß brannte ihm in den Augen; vor Anstrengung keuchte er. Aber so sehr er sich auch mühte, sein Körper gehorchte ihm nicht.

Über ihm kicherte höhnisch der alte Magier: „Du brauchst dich nicht anzustrengen! Meinen Bann kannst du nicht brechen! Erst wenn ich es erlaube, wirst du dich bewegen können! Vorher aber werde ich dir diesen Gürtel umbinden!"

Dalan wollte schreien, fluchen, bitten. Doch auch die Sprache versagte sich ihm. Nicht einmal ein Stöhnen brachte er über die Lippen.

„Keiner weiß ein Mittel gegen meinen Zaubertrank", murmelte Lutrowa und grinste häßlich. „Noch wirkungsvoller jedoch ist dieser Gürtel. Solange du ihn trägst, wirst du meinen Befehlen folgen und ausführen, was ich dir auftrage."

Damit beugte er sich über Dalan und band ihm einen dicken Ledergürtel mit schwerem Metallverschluß um. „Jetzt steh auf! Es gibt noch viel zu tun heute Nacht!"

Ohne es wirklich zu wollen, erhob sich Dalan von seinem Lager und trat vor den Magier.

„Nur ich kann diesen Gürtel wieder lösen. Ich werde dich davon befreien, sobald du deine Aufgabe erfüllt hast. Komm jetzt!"

Lutrowa stapfte aus der Hütte in die Nacht. Dalan mußte ihm folgen. Ein kalter Wind wirbelte das Laub vor sich her, und dünner Nebel klammerte sich an die müde herabhängenden Zweige der Bäume.

„Ein guter Geist hat es gefügt, daß du heute zu mir gekommen bist. Die Nacht ist schwarz, und der Mond hat noch nicht die Kraft gefunden, wieder zu wachsen! Nur in einer solchen Nacht wird sich mir das Tor zum Verborgenen Land öffnen!"

Dalan erbleichte. Jeder wußte, daß das Verborgene Land ein Ort ohne Wiederkehr war. Nur Eingeweihte – Hexen, Zauberer, Weise und Magier – wußten mehr darüber. Sie verrieten ihr Wissen jedoch niemandem.

„Heute Nacht wirst du in dieses Land gehen und dort wirst du dich auf die Suche machen. Ich will eine Blüte aus dem See des Lebens. Du wirst sie mir bringen!" Lutrowas Augen glitzerten Dalan gierig und böse an. „Danach werde ich dich freigeben."

Die Haare auf Dalans Armen sträubten sich, und eiskalte Schauer jagten über seinen Rücken. An einer hohen Felsmauer blieb der Magier stehen.

„Hier ist der Ort, den niemand kennt. Hinter dieser Wand beginnt der Weg ins Verborgene Land. Zieh diese Stiefel an! Sie werden dir den rechten Weg weisen. Und dann nimm den Speer hier, denn du wirst vielen Gefahren begegnen. Mit meiner Kraft habe ich den Speer beschworen. Wer sich dir in den Weg stellt, wird von ihm durchbohrt!"

Willenlos gehorchte Dalan. Lutrowa drehte sich um und berührte mit Stirn und Händen die Felswand. Wie gerne hätte Dalan den Speer gegen den Magier geschleudert! Doch er konnte seinen Arm nicht bewegen.

Lutrowa murmelte Beschwörungen in einer rauh und dunkel klingenden Sprache. Plötzlich zerriß ein greller roter Blitz die Nacht. Der Himmel schien zu brennen. Krachend öffnete sich die Felswand. „Schnell komm!" schrie Lutrowa. Dalan konnte sich nicht dagegen wehren, auf den schwarzen Spalt in der Felswand zuzugehen. Mit einem kräftigen Stoß wurde er in die Finsternis einer Höhle gedrängt. „Wenn du die Blüte des Lebens in Händen hältst, rufe mich laut, und ich werde dich zurückholen!"

Lutrowa trat zurück, und die Felswand schloß sich mit ohrenbetäubendem Lärm.

Dalan stand in der feuchtkalten Dunkelheit und zitterte vor Angst. Mit einer Hand umklammerte er fest den Zauberspeer. Mit der anderen tastete er vorsichtig in das Dunkel hinein. Langsam gewöhnten sich seine Augen an die Finsternis, und er nahm gespenstische Schatten und Umrisse wahr. Die Stiefel des Magiers begannen zu kribbeln und zu zucken. Dieses Gefühl war so unangenehm, daß sich Dalan ihrem Willen überließ und losging. Lange

Zeit führten ihn die schweren Stiefel durch das verwirrende Labyrinth der Höhlengänge. Obwohl Dalan kaum die Hand vor Augen erkennen konnte, stieß er nirgendwo an. Weit vor sich bemerkte er ein kleines flackerndes Licht. Als er näherkam, sah er eine in Decken gehüllte Gestalt am Boden kauern. Vor ihr befand sich ein seltsames Rad, welches an einem schweren Metallgestänge befestigt war. Mit flinken Fingern bewegte die in sich versunkene Gestalt das Rad einmal in diese und einmal in die andere Richtung.

Als Dalan in den Schein der Kerze trat, sah die Gestalt auf. Dalan blickte in ein Gesicht, in dem er die Mühen unzähliger Jahre lesen konnte. War es ein Mann? War es eine Frau? Er konnte es nicht erkennen. Aufmerksam und mit einem fast spöttischen Funkeln in den Augen wurde er gemustert. Die Hände unterbrachen dabei nicht die emsige Beschäftigung an dem seltsamen Rad.

„Du wirfst einen schlechten Schatten", murmelte sie schließlich. „Diese Stiefel sind zu schwer für das Land, in welches du willst. In deinem Speer lauert der Tod, und dein Gürtel läßt sich nicht lösen."

Der Zauberspeer begann in Dalans Hand zu zucken.

„Wer bist du, und was machst du da?"

„Dies ist das Rad des Schicksals", erwiderte die Gestalt. „Ich bewache es und sorge dafür, daß es in Bewegung bleibt."

Dalan schauderte, der Speer zog und zerrte: „Mein Schicksal wirst du nicht lenken!" brüllte er, und die Macht des Speers überschwemmte ihn wie eine gewaltige Meereswoge. Mit aller Kraft warf er den Speer. Aber noch bevor dieser die Gestalt durchbohren konnte, stieg Nebel auf und Dalan konnte hören, wie die Waffe gegen die Felswand schlug. Mit zitternder Hand ging Dalan den Speer suchen. Als er ihn gefunden hatte und sich hastig in die Höhle davonmachen wollte, bemerkte er, daß vor dem großen Rad wieder jene Gestalt saß.

„Hast du wirklich geglaubt, den Wächter des Schicksalsrades töten zu können? Du, der sich gegen ein Schicksal wehrt, das er überhaupt nicht kennt?"

„Ich bin mein eigener Herr!" schrie Dalan hilflos und entsetzt. Wieder überflutete ihn die Kraft des Zauberspeers. „Ich werde mein Schicksal selbst bestimmen, sobald dieser Fluch nicht mehr auf mir lastet!"

„Du kleiner Tor", sagte die Gestalt fast liebevoll. „Weißt du denn, was du da redest?"

„Natürlich!" Dalans Gesicht war wutgerötet. „Ich bin stark, und ich weiß, was ich will!"

Die Gestalt verzog den Mund zu einem milden, faltigen Lächeln. „Die Wahrheiten von heute, junger Mann, sind die Irrtümer von morgen. Vielleicht wirst du das noch lernen."

Zischend zerteilte der Zauberspeer die feuchte Höhlenluft. Aber wie zuvor, verschwand die Gestalt in einem dichten Nebel, und der Speer krachte gegen den Fels. Dalan schüttelte sich, wie nach einem bösen Traum. Dort drüben lag der Speer. Erst jetzt wurde ihm klar, was er gemacht hatte. Er war zwar ein harter Kämpfer, ein Abenteurer, der sich nicht davor scheute, Feinde zu töten, wenn er sein Leben in Gefahr sah. Niemals zuvor jedoch hatte er die Waffe gegen jemanden erhoben, der nicht ebenfalls bewaffnet gewesen war. Und niemals zuvor hatte er jemanden ohne Not angegriffen. Dalan atmete tief und wurde langsam ruhiger. Der Nebel am Schicksalsrad verzog sich. Erleichtert sah Dalan, daß die Gestalt wieder am Rad kauerte und es emsig in Bewegung hielt.

„Es ist gut, junger Mann", sagte sie. „Geh und suche die Wahrheiten von morgen. Und achte darauf, daß der Bann des Magiers nicht dein Herz erreicht."

Dalan wandte sich beschämt ab und ging weiter in die Höhle hinein. Die Worte der Gestalt pulsierten in ihm und ließen ihn nicht los. Die Stiefel wiesen ihm den Weg. Nach einiger Zeit wurde der schmale Gang heller. Dalan rannte los. Sollte er wirklich schon den Ausgang der Höhle erreicht haben? Hatte er den Weg ins Verborgene Land gefunden? Wie groß war die Enttäuschung, als er feststellen mußte, daß sich der dunkle Höhlenweg nur weitete und ihn in einen großen Raum führte, der von einer breiten Säule, die ein gleißendes Licht verstrahlte, erleuchtet wurde. Verschwommene Schemen schienen in diesem Licht zu tanzen.

Dalan stand still, obwohl ihn die Stiefel vorwärts zu drängen suchten. Plötzlich bemerkte er, wie sich aus der Lichtsäule eine Figur löste und auf ihn zukam. Erst als sie dicht vor ihm stand, konnte Dalan erkennen, daß es eine Frau war.

„Ein fremder Wanderer in der Höhle", grüßte sie und musterte ihn genau. „Du trägst den Gürtel Lutrowas und auch seine schweren Stiefel. Hat er endlich eingesehen, daß eine Waffe zu nichts nutze ist hier?"

„Ich habe den Speer beim Rad des Schicksals zurückgelassen." Obwohl Dalan alles recht seltsam vorkam, spürte er keine Furcht.

„Das war klug von dir, Fremder." Die Frau sah ihm direkt in die Augen und Dalan erschrak. Ihre Augen hatten keine Pupillen. Übernatürlich groß und tiefblau leuchtete die Iris.

„Du brauchst dich nicht zu ängstigen", sagte die Frau. „Es sind nicht die Augen, die sehen. Oft hindern sie daran, wirklich zu erkennen."

„Was machst du hier in der Höhle", stammelte Dalan und sah zur Seite, weil er den pupillenlosen Blick, der ihn zu öffnen schien, nicht ertragen konnte.

„Ich weise den herrenlosen Seelen ihren Weg und beschütze sie vor den Seelenräubern."

„Wie kommt es, daß eine Seele ihren Weg nicht kennt?" Verwundert versuchte Dalan die verschwommenen Figuren in der Lichtsäule zu erkennen.

„Immer wenn ein Mensch keinen Frieden mit sich selbst, seinem Leben und seinem Sterben geschlossen hat, irrt seine Seele zwischen der Welt und der Unendlichkeit. Ich helfe ihnen, den Weg, den sie gehen müssen zu erkennen. Aber warum sollte ich nicht auch einmal einem fremden Eindringling den Weg weisen?"

„Lutrowa hat mich mit einem Bann belegt", sagte Dalan und sah die Frau erwartungsvoll an, „ich muß ihm eine Blüte aus dem See des Lebens bringen."

„Er hat es also noch nicht aufgegeben", murmelte diese. „Du bist in seiner Gewalt, Fremder, und er hat dir wohl versprochen, dich freizulassen, wenn du ihm die Blüte bringst?"

„Genau so ist es", staunte Dalan. „Woher weißt du das?"

„Du bist nicht der erste, der hier im Auftrag des alten Magiers vorbeikommt. Die meisten von ihnen sind in der Höhle umgekommen. Ich habe ihren Seelen einen Weg gezeigt, den ihr Körper nicht gehen konnte. Sie hätten ihn nie alleine gefunden, da der Fluch des Magiers auf ihnen lastete. Andere haben den Ausgang gefunden. Eine Blüte aus dem See des Lebens hat Lutrowa jedoch bis jetzt noch nicht."

Dalan unterbrach die Frau: „Weshalb? Hat keiner den See des Lebens gefunden?"

Die Frau hatte die Augen geschlossen; trotzdem fühlte Dalan ihren Blick in sich: „Das Verborgene Land ist nicht ohne Gefahren, und wer zum See des Lebens findet, muß eine große Prüfung bestehen."

„Welche Gefahren? Welche Prüfung?" Dalan faßte die Frau an der Schulter. „Sag es mir!"

Mit einer leichten Bewegung schüttelte die Frau Dalans Hand ab. „Was würde es dir nützen, Fremder? Du mußt diesen Weg alleine gehen, und wenn es dir bestimmt ist, wirst du dein Ziel erreichen!"

„Du wolltest mir helfen", erinnerte Dalan sie enttäuscht.

„Ja", erwiderte die Frau, „das will ich. Achte auf die Stiefel des Magiers. Sie werden dir den Weg weisen. Du mußt aber auch wissen, daß die Stiefel vom gierigen Geist Lutrowas durchdrungen sind. Sie können dir gefährlich werden. Und eines ist sicher: Das Verborgene Land wirst du mit diesen Stiefeln nicht betreten!"

Die Frau wandte sich ab und verschwand wieder in der blendend hellen Lichtsäule.

Dalan ließ sich von den Stiefeln weiterführen in einen der unzähligen Gänge hinein. Nicht lange, und die Luft begann modrig und schal zu schmecken. Es war, als hätte der Tod mit seiner Hand diesen Teil der Höhle gestreift. Dalans Schritte hallten in den Gängen und kamen als verzerrtes Echo wieder zurück. Unruhig sah er sich immer wieder um. Das fahle Dämmerlicht malte Schatten an die schwarzschimmernden Felswände, wie sie schauerlicher nicht einmal in Dalans schlimmsten Alpträumen vorkamen. Plötzlich zuckte er zusammen. Angestrengt starrte er nochmals hinter sich. Er hatte sich nicht geirrt. Geräuschlos bewegten sich schwarze Schatten auf ihn zu. Als sie näherkamen setzte der heftige Herzschlag Dalans aus, um danach mit rasender Geschwindigkeit einen wilden Rhythmus zu beginnen.

„Die Schattenwölfe sind hinter mir her!"

Aus den alten Legenden wußte er, daß die Schattenwölfe noch niemals eine Spur wieder verloren hatten. Keine Waffe half gegen diese Schemen, die in lautloser Jagd ihre Opfer in den Tod hetzten. Dalan lief so schnell er konnte. Die Stiefel trommelten auf den Felsboden, der Lärm brach sich in den Höhlengängen und grollte über Dalan wie ein mächtiges Nachtgewitter. Immer wieder sah er über die Schulter. Die Schattenwölfe waren noch immer hinter ihm. Mit weiten Sätzen rückte das Rudel näher und näher. Dalan keuchte. Er wußte, lange würde er nicht mehr durchhalten können. Mit der Kraft der letzten Verzweiflung versuchte er, noch schneller zu rennen. Höchstens eine Körperlänge hinter ihm hechelten gierig die aufgerissenen Mäuler der Wölfe. Dalans Herz krampfte sich zusammen. Er strauchelte. Schrie. Fiel auf die Knie. Der Schwung seines Laufes riß ihn weiter. Sein Körper krachte hart auf den Stein. Hilflos verbarg er den Kopf in den Armen und krümmte sich zusammen. Jeden Moment mußten die Schattenwölfe über ihn herfallen und ihre Reißzähne in seinen Leib schlagen. Dalan hielt den Atem an. Noch immer wirbelte sein Herz in einem rasenden Takt. Regungslos blieb er liegen. Doch es geschah nichts. Vorsichtig richtete er sich ein wenig auf. Kaum eine Armlänge entfernt saßen die Schattenwölfe und starrten ihn an. Ihre schemenhaften Körper zitterten leicht. Aus ihren Lefzen tropfte Schleim. Fast unmerklich kroch Dalan ein Stück weiter. Die Wölfe kauerten sich zusammen und beobachteten ihn aufmerksam. Dalan stand auf. Warum hatten ihn die Wölfe nicht angefallen und zerrissen? Behutsam schlich er einige Schritte weiter. Das Rudel erhob sich. Mit einem Ruck drehte sich Dalan um und rannte los. Als er sich nach kurzer Zeit umsah, waren die Schattenwölfe wieder dicht hinter ihm. Dalan lief langsamer. Die geifernden Wölfe kamen nicht näher. Weit vor sich glaubte Dalan einen Lichtschein auszumachen. Ein Licht in diesem Gang? Schattenwölfe scheuen das Licht, das wußte Dalan. Vorsichtig und bedächtig ging er weiter, nicht ohne sich immer wieder nach seinen Verfolgern umzusehen.

Ein kühler, fast unmerklicher Lufthauch ließ ihn zurückschrekken. Als er sich zögernd vorwärtstastete, entdeckte er, daß er am Rande eines breiten Erdspaltes stand. Lockend winkte ihm die warme Lichtquelle von der anderen Seite des Spaltes zu. Entsetzen schüttelte Dalan. Wäre er in schnellem Lauf vor den Schattenwölfen geflüchtet, dann läge er jetzt schon zerschmettert in der Tiefe. Die Wölfe lauerten dicht hinter ihm, kamen aber nicht näher. Entschlossen ging Dalan einen Schritt auf sie zu. Unruhig bewegten sie die mächtigen Köpfe. Dalan ging weiter. Die Schattenwölfe drückten sich aneinander. Dann drehten sie sich langsam um und schlichen, die Körper flach an den Höhlenboden gedrückt, davon. Dalan begann zu rennen. Mit gewaltigen Sprüngen flüchteten die Schattenwölfe in die Dunkelheit des Ganges hinein.

Noch immer pochte Dalans Blut aufgeregt in den Schläfen. Die Stiefel wiesen ihm wieder die Richtung. Dalan sah keine Schattenwölfe mehr. Das Dämmerlicht blieb unverändert, und je länger ihn die Stiefel durch die Höhlengänge führten, um so mutloser wurde er. Als er schon fast die Hoffnung verloren hatte, jemals wieder reine Luft zu atmen und einen weiten, klaren Himmel über sich zu sehen, hörte er ein schauriges Stöhnen. Dalan stand still. Wieder vernahm er den entsetzlichen Klagelaut. Dies mußte ein Mensch in höchster Todesnot sein. Ohne zu zögern, lief er los. Kurz darauf sah er vor sich eine menschliche Gestalt. Als Dalan nähertrat, erkannte er, weshalb der Mann in schrecklicher Furcht stöhnte. Er konnte sich nicht bewegen. Mit schweren Ketten war er an die Felswand geschmiedet. Über seinem Kopf hing ein langer Tropfstein, dessen Spitze schon die Schädeldecke des Mannes ritzte. Ohne Hilfe würde es nicht mehr lange dauern und der ständig wachsende Stein würde den Schädel des Mannes eindrücken.

Mit blutunterlaufenen Augen sah der Mann Dalan an: „Hilf mir, Fremder!" flüsterte er. „Hilf mir, es bleibt nicht mehr viel Zeit."

Entschlossen wollte Dalan nach einem schweren Stein greifen, um damit die dicken Ketten zu zertrümmern. Aber noch bevor er sich bücken konnte, begann es in seinen Stiefeln zu zucken und zu drücken. Niemals zuvor hatten ihn die Stiefel so gedrängt weiterzugehen. Nur wenn Dalan in den Gang hineinlief, den angeschmiedeten Mann verließ, hörte das Kneifen und Pressen der Stiefel auf. Mit einem wütenden Schrei versuchte er die Stiefel auszuziehen. So sehr er sich auch mühte, daran zog und zerrte, die Stiefel saßen fester als seine eigene Haut und preßten sich an Dalans Beine, daß er fürchtete, sie würden ihm die Knochen brechen. Dalan rannte ein Stück in die Richtung, die ihm die Stiefel wiesen. Ihr Druck ließ nach. Dalan warf sich zu Boden. Mit seinem Jagdmesser schlitzte er die Stiefel auf und warf sie weit von sich. Dann lief er zu dem Mann zurück. Dieser hatte die Augen geschlossen und atmete nur noch flach.

Der Stein, den Dalan gegen die Ketten schmetterte, war schwer und fest. Daher brauchte er all seine Kraft, um die dicken Ketten zu sprengen. Als er den Ohnmächtigen endlich vorsichtig auf die Erde legte, bröckelte die Felswand, an der noch die Reste der Kette hingen, ab. Nachdem sich der Staub gelegt hatte, entdeckte Dalan, daß ein mannsgroßer Spalt in der Höhlenwand entstanden war. Er stieg über die Steine, schaute durch die Öffnung und sah nichts als undurchdringliche Schwärze. Enttäuscht wollte er wieder zurücktreten. Doch da hob sich sein Blick, und vor Überraschung vergaß er fast das Atmen: Über ihm breitete ein grenzenloser Sternenhimmel seine funkelnden Arme aus. Dalan hatte einen Ausgang aus der Höhle gefunden und war endlich im Verborgenen Land.

Schnell ging er zurück. Vorsichtig bettete er den leblosen Körper des Mannes auf seine Arme und verließ die Höhle. Die ganze Nacht wachte Dalan neben dem entkräfteten Mann und sah in den Himmel. Die Sterne leuchteten, glänzten und wanderten ohne Eile durch die Nacht in den beginnenden Morgen. Erfrischend kühler Tau legte sich auf Dalans Haut, und der Mann neben ihm atmete jetzt tief und ruhig. Noch bevor die ersten Sonnenstrahlen der Erde Farben schenkten, schmolz die dichte Dunkelheit, wurde dünn und durchsichtig. Das weiche Licht der Dämmerung verwischte alle Gegensätze. Wie auf sanften Katzenpfoten berührte der Morgen einen Baum, der nicht weit entfernt stand, strich über eine Wiese, sprang über einen Bach und eilte weiter zu einem lichten Wald. Dalan saß stumm und sah den Tag erwachen. Als die nahende Sonne den Horizont in ein helles Freudenfeuer tauchte, erwachte der Mann.

„Du hast es ja doch noch geschafft, die Stiefel Lutrowas auszuziehen." Seine Stimme klang fest und freundlich.

„Ja", erwiderte Dalan, „aber woher weißt du, daß Lutrowa mir diese Stiefel gab?"

„Du bist nicht der erste, den der Magier losschickte, um in das Verborgene Land zu gelangen. Wenn du weitergegangen wärst, hättest du sicherlich die Überreste einiger von ihnen entdeckt. Nicht sehr viele haben den Weg aus der Höhle gefunden."

„Aber Lutrowa sagte mir doch, die Stiefel würden mir den rechten Weg zeigen!"

„Wenn es keinen Ausgang gibt", erwiderte der Mann während er sich aufrichtete, „können auch Zauberstiefel keinen finden. Und ohne Ausgang irren sie durch die Höhle, bis die Männer vor Erschöpfung sterben oder von den Schattenwölfen zu Tode gehetzt werden."

„Auch mich haben sie gejagt." Dalan schauderte bei dieser Erinnerung. „Weshalb sind sie vor mir geflüchtet?"

„Du mußt sehr stark sein, Fremder", sagte der Mann. „Die Schattenwölfe sind das Gesicht deiner Angst. Sie können dich nur hetzen und jagen. Niemals anfallen und beißen. Wenn du dich ihnen stellst, sie ansiehst und auf sie zugehst, sind sie machtlos. So wie viele Ängste klein werden, wenn du ihnen ins Gesicht schaust."

„Wer bist du?" fragte Dalan leise.

„Ich bewache das Tor ins Verborgene Land und achte darauf, daß keine bösen Mächte einen Eingang finden."

„Aber wer hat dich an den Felsen geschmiedet und dich zu diesem grauenvollen Tod verurteilt?" wollte Dalan verwirrt wissen.

„Ich selbst", lächelte der Mann. „Nur wer den Fluch der Stiefel überwindet und noch Platz für ein wenig Mitleid in seinem Herz bewahrt hat, soll den Eingang ins Verborgene Land finden. Dir war das Ziel der Stiefel nicht so wichtig wie das Leben eines alten Mannes. Deshalb hast du den Eingang gefunden."

„Aber ich trage noch immer einen Fluch bei mir. Hier, diesen Gürtel hat mir Lutrowa umgebunden. Damit hält er mich in seinem Bann. Ich kann ihn nicht lösen." Traurig schloß Dalan die Augen.

„Ich kann ihn dir auch nicht abnehmen", sagte der Mann. „Aber solange du hier im Verborgenen Land bist, kann dir der Fluch Lutrowas nichts anhaben."

Dalan blickte in die Ferne. Die Kraft des Magiers hatte hier also keine Macht mehr über ihn. „Ich werde trotzdem weitersuchen", murmelte er. „Und dann gehe ich zurück zu Lutrowa. Ich kann nicht leben mit diesem Gürtel." Er wandte sich wieder dem Mann zu. „Weshalb will Lutrowa die Blüte aus dem See des Lebens?"

„Er wird alt, der Magier", erklärte dieser, „seine Macht schwindet. Er glaubt, durch eine Blüte aus dem See des Lebens kann er dies verhindern."

Dalan brauchte nicht zu überlegen. „Ich will nur wieder frei sein von diesem Bann und meine eigenen Wege gehen können."

„Hast du heute Nacht die Sterne gesehen, Fremder?" Der Mann hatte sich erhoben und stand vor Dalan. „Auch sie gehen ihre eigenen Wege und doch, von ihrer vorbestimmten Bahn weichen sie nicht ab. Folge dem Fluß dort unten. Es ist nicht sehr weit bis zum See des Lebens. Aber sei vorsichtig. Die Wege im Verborgenen Land sind nicht ungefährlich."

Er legte Dalan eine Hand auf die Schulter, lächelte ihn an und ging zurück zu dem engen Spalt im Fels. Wie von Zauberhand schloß sich der Eingang der Höhle geräuschlos hinter ihm.

Dalan ging den leichten Abhang hinunter zum Fluß. Inzwischen war die Sonne schon in den Himmel gestiegen, und ihre Strahlen versprühten die unverbrauchten Farben eines neugeborenen Morgens. Das Wasser war klar und kalt. Er trank und fühlte sich herrlich erfrischt. Dann begleitete er den Fluß auf seinem Weg. Die herabhängenden Zweige der Weiden ließen sich darin treiben. Er sah kleine umherhuschende Silberfische, und das beständige Murmeln des Wassers klang wie eine kleine, sanfte Melodie.

Die Sonne stand schon hoch, als er einen dichten Wald erreichte. Der Fluß schlängelte sich um die großen Wurzeln uralter Baumriesen und verschwand irgendwo hinter einigen Büschen aus Dalans Blick. Zweige knackten unter seinen Schritten; trockenes Laub raschelte leise. Ein ungewöhnliches Gebüsch schnitt ihm plötzlich den Weg ab. Es war undurchdringlich. Dalan blieb nichts übrig, als an dem Gesträuch entlangzugehen. Schon bald hörte er das beständige Rauschen des Flusses nicht mehr. Verzweifelt suchte Dalan eine Lücke in der seltsamen Pflanzenmauer und entdeckte schließlich einen Durchlaß, der ihn wieder zum Fluß zu führen versprach. Rechts und links von ihm ragten die dichten Gebüschmauern hoch. Immer wieder kreuzten sich die Pfade, und Dalan hatte Mühe, die Richtung beizubehalten, in welcher er den Fluß vermutete. Gerade als er an einem schmalen Seitenpfad vorbeieilen wollte, sah er ein seltsames Glimmen, das ihm von dort entgegenleuchtete. Dalan ging zurück und bückte sich. Die Erde des Pfades war übersät mit kleinen, leuchtenden Splittern. Er ließ sich auf die Knie nieder. Kein Zweifel! Überall hier lagen Edelsteine halb in der Erde verborgen. Er begann den Pfad entlangzukriechen und den Boden zu durchwühlen. Dalan jubelte. So reich war er noch niemals zuvor gewesen.

Der Pfad der Edelsteine hatte ihn jedoch tief in das Labyrinth gelockt. Er wußte nicht mehr, wo er abgebogen war. Dalans Taschen waren prall gefüllt, aber sein Blick irrte hilflos und leer umher. Er ging einige Schritte in einen der vielen Pfade hinein, wandte sich jedoch wieder um und versuchte einen anderen. Aber auch dieser schien ihm nicht der richtige zu sein. Langsam wurde es dunkler. Der Tag begann diesen Teil der Welt zu verlassen. Und dann hörte Dalan Stimmen. Er konnte sie nicht verstehen, aber sie klangen nicht unfreundlich. Trotzdem blieb er in gespannter Vorsicht stehen. Endlich verstand er, was gesprochen wurde: „Ein Wanderer hat seinen Weg zu uns gefunden. Wir wollen ihn bei uns aufnehmen und ihn beschützen in der dunklen Nacht. Wo ist er nur, wir können ihn nicht sehen. Hat er den Pfad unserer schönen Edelsteine schon verlassen?"

So einladend und angenehm die Stimmen auch klangen, Dalan

fröstelte. Er hielt den Atem an und lauschte angestrengt. Die letzten Streifen der flüchtenden Dämmerung hasteten über den Himmel, und Dalan konnte im Halbdunkel der beginnenden Nacht nicht mehr viel sehen. Die Stimmen kamen näher. Freundlich und sanft sprachen sie vor sich hin. Und plötzlich entdeckte Dalan im letzten Licht des sterbenden Tages, wie eine schauderhafte Masse aus einem Pfad quoll und auf ihn zukam. Grau glänzte schleimiges Fleisch zwischen den Gebüschmauern. Drei, vier, fünf Köpfe drehten und wanden sich über dem gewaltigen, wabbernden Körper und schauten aufmerksam um sich. Dabei schwatzte es ununterbrochen weiter: „Wir sehen ihn nicht, unseren fremden Gast. Warum will er uns denn nicht begrüßen. Er hat unsere Edelsteine aufgesammelt und will uns nicht dafür danken. Aber keine Sorge, wir finden ihn schon noch. Er braucht doch unseren Schutz."
Dalan griff in seine Tasche und holte eine Handvoll der Edelsteinsplitter hervor. Mit aller Kraft schleuderte er sie auf das näherkommende, vielköpfige, schleimige Ungeheuer mit dem großen Schlangenkörper. Dann wirbelte er herum und rannte so schnell er konnte davon. Hinter ihm zischte und fauchte es im Gebüsch. Der Boden zitterte und bebte. Wie ein Wildkaninchen schlug Dalan in verzweifeltem Lauf möglichst viele Haken, bog in alle Pfade ein, um dem Ungeheuer zu entkommen. Erst als die Nacht so dunkel war, daß er bei seiner Flucht einige Male, statt in einen Pfad einzubiegen, gegen die dichte Gebüschmauer gerannt war, blieb er stehen und lauschte. Es war unheimlich still. Er war dem Ungeheuer entkommen. Aber wie sollte er die Nacht in diesem umheimlichen Irrgarten verbringen? Es war schon bei Tageslicht erschreckend, hier umherzuirren. Wie sollte er bei stockdunkler Nacht einen Weg zurück zum Fluß finden? Wer konnte schon sagen, welche Wesen sich noch in diesem Irrgarten herumtrieben? Leise schlich er weiter. Immer wieder blieb er stehen, aber außer einem leichten Wind, der die obersten Zweige des Gebüsches sacht berührte, hörte er nichts. Plötzlich stieß sein Fuß auf Widerstand. Dalan strauchelte und hatte Mühe, das Gleichgewicht zu bewahren. Vorsichtig tastete er nach unten. Als ob ihm

ein Skorpion seinen Stachel in die Faust gejagt hätte, zuckte er zurück. Ganz deutlich hatten seine tastenden Hände einen menschlichen Arm gespürt. Starr wie eine tausendjährige Linde blieb Dalan stehen, das Messer gezückt und zum Stoß bereit. Doch vor ihm rührte sich nichts. Vorsichtig tastete er weiter. Der Körper, der da lag, war kalt und starr. Er mußte schon lange tot sein. Eine Hand des Toten war zu einer verkrampften Faust geballt. Als Dalan die Finger löste, glitzerte und funkelte es. Dalan erschrak. Die Hand des Toten war gefüllt mit Edelsteinen. Dalan schien es, als wäre jeder Knochen im Körper des Toten zerbrochen. Hastig erhob er sich und lauschte. Nichts schien die Ruhe der Nacht stören zu wollen. So schnell er konnte, entfernte er sich. Die ganze Nacht irrte er durch die engen Pfade. Kein Stern hatte die Kraft, mit seinem Leuchten den Grund dieses Irrgartens zu erreichen. Dalan schienen Ewigkeiten vergangen zu sein, als die Dunkelheit schließlich zögernd einer zarten Dämmerung wich. Endlich konnte er wieder den Pfad erkennen. Immer noch irrte er ziellos, müde und erschöpft umher. Am frühen Morgen entdeckte er einen zweiten Toten. Auch dessen Körper war zerschunden. Seine Taschen waren gefüllt mit Gold. Kurze Zeit später sah er in einem Seitenpfad wieder jemanden liegen. Nichts deutete auf einen Kampf hin, aber neben dem gekrümmten Körper konnte Dalan wieder Gold und Edelsteine entdecken. Langsam begriff er. In vielen der verschlungenen Pfade des Irrgartens lagen unermeßliche Reichtümer und warteten nur darauf, mitgenommen zu werden. Wer seine Taschen jedoch damit füllte, fand den Tod. Als Dalan das nächste Mal einen Pfad fand, in dessen Erde Edelsteine glänzten, vergeudete er kaum noch einen Blick. Er drehte sich um und wählte den Weg, der in die entgegengesetzte Richtung führte. Bald darauf stieß er auf einen Pfad, in welchem Gold blinkte. Wieder wählte Dalan den Weg, der ihn davon wegführte. An diese Regel hielt er sich, und mit der Zeit wurde sein Pfad breiter. Die seltsam geformten Gebüsche wuchsen wilder und waren nicht mehr so hoch. Die letzten Schritte mußte sich Dalan mit aller Kraft durch die verfilzten und verzweigten Äste der Sträucher einen eigenen Pfad bahnen. Dann brach er aus dem Gebüsch. Vor ihm breitete sich ein fruchtbares Tal aus. Der Fluß glänzte in der hellen Mittagssonne, und Dalan konnte, nicht weit entfernt, ein kleines Dorf sehen.

Erleichtert schüttelte er die Erinnerung an den Irrgarten ab und ging auf die Häuser zu.

Die Kornfelder wogten unter einem strahlend blauen Himmel. Blumen verstreuten verschwenderisch ihre Sommerfarben, und die Äste der Bäume bogen sich prallvoll unter der Last der Früchte. Als Dalan dem Dorf näherkam, wurde er von einigen Menschen bemerkt. Singend liefen sie auf ihn zu, begrüßten ihn und führten ihn in ihrer Mitte ins Dorf. Dort reichten sie Essen und Trinken, lächelten ihn an und tanzten. Dalan lehnte sich erschöpft zurück. Einen solchen Empfang hatte er nicht erwartet. Alle Bewohner schienen um den Platz versammelt. Musiker spielten zum Tanz, Clowns zogen Grimassen und Akrobaten schlugen Saltos. Glücklich und zufrieden schlief Dalan irgendwann ein. Als er am nächsten Morgen erwachte, hatte sich in dem kleinen Dorf nichts verändert. Noch immer wurde musiziert, getanzt und gesungen. Dalan beugte sich zu einem Mann, der ihm gegenübersaß: „Ihr feiert wohl ein großes Fest?" fragte er.

„Wir feiern, daß nach langer Zeit wieder einmal jemand dem Irrgarten der Verlockungen entkommen ist", entgegnete der Mann und lächelte.

„Gibt es viele hier, die diesen Weg auch gegangen sind?" wollte Dalan wissen. Eine junge Frau mischte sich ein: „Wir alle hier sind dem Labyrinth entkommen. Jeder auf seine Art. Hier können wir endlich frei und glücklich leben."

Leise sagte Dalan: „Solange ich diesen Gürtel nicht lösen kann, bin ich nicht frei."

Die junge Frau unterbrach ihn: „Schau nicht so traurig. Was kümmert dich der Fluch eines Magiers. Du wirst ihn schnell vergessen. Auch ich wurde mit einem Bann belegt. Trotzdem lebe ich jetzt sorglos hier im Dorf."

„Wie könnte ich jemals das Gefühl haben, wirklich frei zu sein, wenn ich einen Gürtel trage, den ich mir nicht umband und den ich nicht zu lösen vermag?"

„Dalan! Schau nicht so traurig. Wir wünschen das nicht. Wir wollen glücklich sein, und daran wird uns niemand hindern!" Die junge Frau war sichtlich aufgebracht, dennoch lächelte sie noch immer.

„Ich werde mir nicht vorschreiben lassen, wann ich traurig sein darf und wann nicht!" Dalan wurde zornig.

„Lächle, Dalan!" zischte der Mann neben ihm, „lächle, oder es geschieht ein Unglück!"

Schon blieben einige der Tanzenden stehen, tuschelten miteinander und deuteten mit spitzen Fingern auf ihn.

Wütend stand Dalan auf: „Wie kann ich glücklich sein, wenn mich der Gürtel des Magiers noch drückt?" brüllte er den Mann an.

Erschrocken drehten sich alle Dorfbewohner ihm zu. Die Musik verstummte. „Und ihr? Ja, ihr alle hier? Wie könnt ihr denn fröhlich lachen und spürt doch bei jedem tiefen Atemzug, daß da noch etwas ist, was euch beengt? Euer Lachen ist falsch! Euer Glück ein dummes Spiel! Ihr habt euch grinsende Totenmasken über die Traurigkeit gestülpt und redet euch ein, das sei Glück. Ihr redet von Freiheit und seid nicht einmal so frei, weinen zu können!"

Auf dem Platz zischelten die Menschen plötzlich böse und gefährlich hinter ihrem Lachen hervor.

Dalan sah die Menge an. Dann drehte er sich um und rannte hinaus aus dem Dorf, verfolgt von den Dorfbewohnern, deren Gesichter haßverzerrte, aber grinsende Masken waren. Kurz nach dem schützenden Rund der Häuser blieben die Verfolger stehen. Manche schüttelten die Fäuste, andere kreischten Drohungen. Die meisten jedoch kehrten singend und tanzend in das Dorf zurück.

Dalan ging langsam weiter in das Tal hinein. Zu beiden Seiten schwangen sich leichte Hügelketten in den klaren Himmel. Als die Sonne sich dunkler färbte, suchte er sich unter einem verwitterten Baum einen moosgepolsterten Platz. Er schlief sofort ein und wachte erst wieder auf, als die Schatten der Nacht schon längst verschwunden waren. Den ganzen Tag wanderte Dalan einsam am Fluß entlang. Am Abend bemerkte er, daß der Fluß, nicht weit voraus, über einen felsigen Abhang stürzte und verschwand. Im letzten Licht des Tages konnte Dalan einen weiten, tiefen Talkessel vor sich sehen. Der Fluß stürzte, viele Speerwürfe tief, über den Felsabbruch hinunter. Sein Wasser versprühte in der Luft, und die Feuchtigkeit schimmerte und glänzte in allen Farben dieser Welt. Am Fuße des Abgrundes sammelte sich das Wasser wieder, um ruhig und breit zur Mitte des Talkessels zu fließen. Dort mündete es in einen tiefblauen, stillen See, auf welchem sich wundersame Blüten sacht im Wind wiegten.

Dalan wußte, er war am Ziel: Da unten lag der See des Lebens, und eine jener Blüten würde er holen!

Die Macht der Nacht löschte die letzten Strahlen der Sonne. Ihm blieb nichts übrig, als sich zwischen den Felsen einen Schlafplatz zu suchen.

Er erwachte durch ein lautes Getöse. Erschrocken fuhr er auf und brauchte einige Zeit, um sich zurechtzufinden.

Kampfgeschrei und Waffenlärm zertrümmerte die sanfte Stille der Nacht. Dalan tastete sich vorsichtig an den Rand des Abgrundes. Vor Entsetzen hätte er fast aufgeschrien: Unten im Talkessel, rund um den See des Lebens, der am Abend noch so friedlich ausgesehen hatte, tobte ein wilder, verbissener Kampf. Zwei gewaltige Heere standen sich gegenüber. Die Krieger der einen Seite trugen blitzend schwarze Rüstungen und Waffen. Sogar ihre vor Kampfeslust dampfenden und schäumenden Pferde waren schwarz. Das andere Heer schien wie aus Licht. Die Waffen glänzten weiß wie der neue Mond, die Rüstungen verstrahlten den Glanz der Sterne, und die Pferde hatten die Farbe eines unberührten Wintermorgens. Die Erde zitterte, die Luft tobte. Fassungslos starrte Dalan hinunter in den Talkessel. Noch nie hatte er ein solches Gemetzel gesehen. Und bei allen Göttern, er hatte schon viel erlebt! Wie tollwütige Hunde zerfleischten sich die schwarzen und weißen Krieger gegenseitig. Mit der Zeit lichtete sich das Schlachtfeld. Die Reihen der Kämpfer wurden dünner. Schließlich sprengten nur noch wenige um den See. Verwundert stellte Dalan fest, daß keine Toten und Verletzten zu sehen waren. Die wenigen Überlebenden jagten um den See, hieben aufeinander ein und versuchten sich zu zerstückeln. Doch außer den kämpfenden Reitern gab es keinerlei Spuren des Gemetzels. Gerade schwang ein blitzend weißer Krieger sein Schwert und trennte mit einem gewaltigen Schlag den Kopf seines schwarzen Gegners vom Leib. Dalan sah, wie der schwarze Krieger nach vorne zu fallen begann, sich jedoch plötzlich auflöste. Er war gemeinsam mit seinem Pferd einfach nicht mehr da. Und dann, Dalan traute seinen Augen nicht, verschwand genauso schnell der weiße Reiter. Er war nicht angegriffen worden, dessen war sich Dalan sicher. Aufmerksam beobachtete er weiter. Einer der schwarzen Reiter hatte einen Gegner mit seiner mattschimmernden Lanze aufgespießt. Der weiße Krieger krümmte sich vor Schmerz, dann war er verschwunden und, obwohl der schwarze Lanzenritter keinerlei Verletzung davongetragen hatte, war auch er plötzlich wie vom Erdboden verschluckt. Dalan kniff die Augen zusammen und riß sie wieder auf. Kein Zweifel, er war wach. Er starrte wieder hinunter in den Talkessel, wo inzwischen die beiden letzten Kämpfer gnadenlos aufeinander einschlugen. Aber auch diese beiden verschwanden wie all die anderen zuvor.

Es war wieder still im weiten Rund des Felsentales. Der dunkle See spiegelte einige Sterne wider. Nichts schien hier geschehen zu sein oder geschehen zu können.

Am Horizont zeigten sich die ersten tastenden Finger des neuen Tages. Der dunkle Nachthimmel verblaßte. Noch immer lag Dalan auf dem Bauch am Rande des Abgrundes und starrte hinunter. Auch als es heller wurde, konnte er keine Kampfesspuren entdecken. Das satte Grün des Grases um den See leuchtete zu Dalan empor, und ihm schien, als sei nicht einmal der kleinste und zarteste Sproß geknickt. Seufzend drehte er sich auf den Rücken und starrte blicklos in den Himmel. Er mußte geträumt haben. Eine andere Erklärung konnte es nicht geben.

Als er sich aufrichten wollte, zuckte seine Hand blitzschnell zum Messer. Ein Mann schaute auf ihn herunter. „Erkennst du mich nicht wieder, fremder Wanderer?" sagte die Gestalt und lächelte freundlich.

„Doch, doch", erwiderte Dalan und fuhr sich mit der Hand verwirrt über die Augen. Vor ihm stand der alte Mann, dessen Ketten er in der Höhle zertrümmert hatte.

„Du hast nicht geträumt", fuhr dieser fort. „Solange du hier bist, kannst du jede Nacht den Kampf zwischen dem Heer des Lichts und den Kriegern der Dunkelheit sehen. Du bist am Ziel deines Weges, und doch liegt noch der schwerste Teil vor dir. Dort unten ist der See des Lebens und darin findest du die Blüte, nach der du suchst. Aber es führt kein Weg in dieses Tal."

Niedergeschlagen und müde schloß Dalan die Augen. So kurz vor dem Ziel sollte er feststellen, daß es nicht zu erreichen war.

„Es muß eine Möglichkeit geben, zum See zu gelangen." Er starrte in den Talkessel hinunter.

„Ich sagte, es gibt keinen Weg", hörte er den Mann hinter sich, „aber wenn du wirklich willst, kannst du den See erreichen."

Hastig fuhr Dalan herum und stand auf. „Wie? Sag es mir!"

„Folge dem Weg Fluß, fremder Wanderer. Er erreicht sein Ziel!"

Erschrocken sah Dalan in das über den Abgrund wirbelnde Wasser. „Ich soll mich da hinunterstürzen? Aber woher weiß ich, ob das Wasser tief genug ist, meinen Sturz aufzufangen? Vielleicht gibt es Felsen, und ich werde zerschmettert! Ich kann diesen Weg nicht gehen!"

Dalan schüttelte den Kopf und sah den Mann an.

„Es gibt keine andere Möglichkeit für dich", sagte dieser. „Ich bin hier, um dir zu zeigen, wie du den See erreichen kannst."

„Aber weshalb willst du mir helfen, und wie kannst du mir überhaupt helfen?" Dalan sah den Mann ungläubig an.

„Aus welchem Grund hast du mir in der Höhle geholfen? Und hast du dort gefragt, ob ein loser Stein eine geschmiedete Kette brechen kann?"

Dalan schwieg. Lange blickte er in die schäumenden Flußwirbel, sah ihnen nach, wie sie brodelnd über den scharfkantigen Felsabsturz tosten. Dann schaute er dem Mann in die Augen: „Ich bin bereit."

„Du mußt dich leicht machen, wenn du den Weg des Flusses gehen willst", sagte der Alte.

„Wie soll das gehen?" fragte Dalan und musterte ihn ungläubig.

„Vergiß was war, vergiß wer du bist, vergiß wer du sein willst. Vergiß deinen unbeholfenen Körper. Du mußt der Fluß werden, der zerstäubt in der schnellen Luft des Sturzes und wieder zusammenfindet, wenn ihn die Erde auffängt."

Dalan saß lange Tage am Fluß und versuchte zu fühlen wie das schäumende Wasser. Aber er hatte wenig Hoffnung, daß ihm dies jemals gelingen würde. Nachts lagen die beiden nahe der schroffen Felskante und sahen dem erbitterten Kampf des Lichtheeres gegen die Krieger der Dunkelheit zu. Dalan fragte den Mann oft nach der Bedeutung dieses Kampfes. Aber so wortgewaltig der Alte den ganzen Tag auf ihn einreden konnte, so schweigsam war er während der Nächte. Nur einmal hatte er geantwortet: „Das sind keine gewöhnlichen Kämpfer!"

„Als ob ich das nicht schon längst bemerkt hätte", knurrte Dalan und verdrehte die Augen.

„Du solltest mich ausreden lassen", fuhr der Alte fort. Es war kein Ärger in seiner Stimme. „Du hast jetzt schon viele Nächte mit mir hinabgeschaut und die Kämpfe beobachtet. Ist dir dabei nichts aufgefallen?"

„Natürlich finde ich es seltsam", erwiderte Dalan, „daß ein Kämpfer, sobald er einen anderen tötet, auch verschwindet."

„Ja, ja", murmelte der Alte vor sich hin, „es gibt keinen Schatten ohne Licht und kein Licht ohne Schatten."

„Was soll denn das?" fuhr Dalan hoch. „Gibt es in einer finsteren Nacht vielleicht Licht oder wenn die Sonne am höchsten steht Schatten?"

„Würde es die Nacht geben ohne Tag? Einen Winter ohne Sommer? Etwas Gutes ohne etwas Schlechtes?" erwiderte der Mann ruhig. Dalan schwieg, denn er wußte, der Alte hatte recht.

Einige Nächte später, die beiden lagen wieder am Felsabsturz, sagte Dalan: „Je öfter wir den Kampf beobachten, um so vertrauter werden mir die einzelnen Krieger. Der große Schwarze dort am See ist ein besonders gefährlicher Lanzenkämpfer. Und der Weiße da drüben mit dem kurzen Schwert ist gewandt und geschickt. So schnell holt den keiner vom Pferd."

Der Alte nickte nur bedächtig: „Und trotzdem verschwinden auch diese beiden, wenn sie ihre Gegner getötet haben. Aber es ist gut, wenn du die Kämpfer genau beobachtest. Sie gehören zu dir, Dalan. Und wenn du zum See des Lebens willst, wirst du sie noch sehr gut kennenlernen."

Verwirrt fragte Dalan nach dem Sinn dieser Worte. Doch der Mann schwieg, wie so oft in diesen Nächten. Dalan jedoch ließ nicht locker. Am nächsten Morgen bohrte er weiter und schließlich bequemte sich der Alte, ihm eine Antwort zu geben: „Wenn du den Weg des Flusses gehst, bist du noch nicht am Ziel. Der See des Lebens scheint von hier oben sehr nah. Doch wenn du dort unten stehst, brauchst du den ganzen Tag, um zum See zu gelangen. In der Nacht wirst du mitten zwischen den kämpfenden Kriegern stehen."

Dalan seufzte. Er wagte keine weiteren Fragen mehr. Die Antworten des Alten verwirrten ihn oft mehr, als daß sie ihm eine Hilfe waren.

Endlich, nach langen Tagen und Nächten, sagte der alte Mann zu Dalan: „Die Zeit ist um. Der Mond ist wieder voll und rund. Sei du leer und geh den Weg des Flusses."

Im Osten setzte die aufgehende Sonne die Welt in Brand, und dicht über dem noch dunklen Westhorizont strahlte ein großer, voller Mond. Gemeinsam mit dem alten Mann ging Dalan zum Fluß. Das Wasser rauschte und schäumte, wie in all den Tagen und Nächten zuvor – und doch, etwas war nicht so wie seither. Als die ersten Strahlen der Sonne über das Wasser huschten, glitt Dalan hinein und tauchte unter. Eine wilde, unbändige Kraft schob ihn vorwärts, wirbelte ihn umher wie eine kleine Feder im Sturm. Dalan wehrte sich nicht dagegen. Er bog sich mit den Stößen des Wassers, wand sich geschmeidig über die schroffen Kanten der Steine und spielte mit der ungezügelten Freude der Wellen. Und dann schoß er über den Felsvorsprung. Mitten hinein in einen funkelnden und farbenspeienden Regenbogen aus Wasser und Licht. Sein Körper war leicht. Dalan konnte nicht glauben, daß er fiel. Die zerstäubten Wassertropfen schienen ihn aufzufangen und zu halten. Er war das Kind im Bauch der Mutter, der kleine Junge auf den Schultern des Vaters. Der Abenteurer auf dem Rücken seines starken Pferdes. Da war nur er – und doch war er nicht. Und da war nur Wasser und Luft. Und Dalan schrie. Es war kein Schrei der Angst, kein entsetztes Brüllen. Es war der Schrei eines Menschen, der eben neu geboren wird. Sein Schrei wurde eins mit dem Tosen des Wassers. Dalan war ein kleiner Funke, ein winziges Glitzern in dieser Flut, die in den Talkessel stürzte, auseinandergerissen und doch wieder eins wurde. Endlos schien Dalan so zu schweben. Dann fand er sich wieder, wie sich auch die zerriebenen Wassertropfen wieder vereinten und zusammenfanden. Prustend und keuchend durchbrach er die Oberfläche des Wassers. Hoch über ihm löschte der herabstürzende Fluß den Himmel aus. Neben ihm sprudelte und schäumte das Wasser in jugendlichem Übermut. Dalan drehte sich auf den Rücken.

Weshalb sollte er den weiten Weg zum See zu Fuß gehen? Das gemächliche Dahintreiben des Flußes genügte ihm. Der Fluß mündete in den See. Sein Ziel würde er jetzt nicht mehr verfehlen. Sacht schaukelnd wurde Dalan vom Wasser des Flusses gehalten. Ohne Anstrengung und Kraft trieb er beständig auf den tiefblauen See des Lebens zu. Er verfolgte den Lauf der Sonne und ließ sich von kleinen Wasserwirbeln drehen. Als es Abend wurde, schwamm er ans Ufer. Er war nur noch wenige Schritte vom See entfernt, auf welchem unzählige Blüten trieben. Morgen würde er sich eine davon brechen. Dalan beugte sich über das Ufer des Sees. Obwohl das Wasser klar und durchsichtig schien, konnte er selbst hier am Ufer keinen Grund erkennen. Er hielt eine Hand in das Wasser und erschrak. Das Wasser des Sees hatte sich nicht gekräuselt. Seine Finger waren einfach verschwunden. Hastig zog er die Hand zurück. Er wunderte sich nicht über diese seltsame Erscheinung. Er nahm es einfach als etwas hin, was er nicht verstand – zumindest jetzt noch nicht.

Die Sonne war schon längst hinter den steil aufragenden Felsen des Talkessels verschwunden. Breite, schwarze Schatten krochen langsam über die Erde. Dalan sah sich vorsichtig um. Kein Laut störte die Ruhe. Doch Dalan wußte, daß hier, kurz nach Einbruch der Nacht, wieder die beiden Heere aufziehen würden.

Er setzte sich und wartete. Im Tal war es schon dunkel, nur am Himmel jagten noch einige rotumglühte Wolken der Sonne nach. Dann erlosch auch dieses letzte Leuchten, und wie eine große, schwarze Hand schob sich die Nacht über den Himmel. Dalan sah nichts mehr und wußte doch, er war nicht allein.

Schwere Hufe polterten gegen lose Steine. Lederriemen knirschten leise. Metall schlug singend gegen Metall. Die ersten Sterne glommen schwach, und die Ahnung eines hellen Mondes warf schon ein wenig Licht auf den Himmel. Nicht viel später konnte Dalan auf der einen Seite des Sees die dunklen Schatten vieler Reiter wahrnehmen. Er wandte sich um. Auf der anderen Seite bereitete sich das Heer des Lichtes auf den Kampf vor. Er saß allein zwischen den waffenstarrenden Reihen der Krieger.

Wie auf ein geheimes Zeichen, begannen die Reiter beider Heere

mit den Schwertern auf die Schilde zu schlagen und ihre Schlacht-
rufe zu brüllen. Die Pferde schnaubten und wieherten, stampften
auf die Erde und zuckten mit den Flanken. Dann sprengten sie los.
Ohne sich um Dalan zu kümmern, der erschrocken aufgesprungen war, krallten sich die ersten Reihen der Kämpfer ineinander
und hieben aufeinander ein. Dalan wich zurück, bis er am Ufer des
Sees stand. Funken sprühten und Todesschreie durchschnitten
grell die Nacht.

Dalan erinnerte sich an den alten Mann.

„Wo kein Licht ist, gibt es keinen Schatten", murmelte er dann.
„Wer den Schatten tötet, vernichtet auch das Licht."

Vorsichtig entfernte er sich einige Schritte vom See.

„Ich bin Dalan", sagte er ein wenig lauter, „in mir ist Licht und
Schatten. In mir ist Tag und Nacht. Sonne und Mond."

Langsam ging er weiter. Er hatte die Stimme erhoben.

Dalan schrie die Kämpfenden an: „Wer zeigt mir das Gute, ohne
zugleich Böses mit zu nennen?"

Seine Stimme füllte das weite Rund des Talkessels. Bewegungs-
los saßen die Reiter auf ihren weißen und schwarzen Pferden,
Schwerter, Speere und Keulen noch zum Schlag erhoben. Dann
wichen sie langsam zur Seite und schufen eine schmale Gasse,
durch die Dalan gehen konnte.

„Was ist der Himmel ohne Erde?" brüllte dieser weiter. „Wie kann
es Sieger geben, wenn keiner unterliegt?"

Die Gasse der Krieger öffnete sich weiter vor ihm. Zwei Reiter
kamen langsam auf ihn zu. Er kannte diese beiden von den vielen
Nächten, in denen er die Schlacht beobachtet hatte. Stolz aufge-
richtet sah er den schwarzen Krieger, dessen Lanzenkunst er be-
wundert hatte, und daneben auf einem tänzelnden weißen Pferd
den gewandten Kämpfer mit dem kurzen Schwert.

Dalan ging weiter. „Wer weiß, daß Ja auch immer Nein bedeutet?
Welche Freude ist ohne Leid?" Fast tonlos hatten sich die letzten
Worte auf Dalans Lippen geformt. Er stand jetzt dicht vor den
beiden Kriegern. Und dann brach sich sein Schrei an den Fels-
wänden und wurde vielfach zurückgeworfen: „Es gibt keinen Tod
ohne Leben! Und kein Leben ohne Tod!"

Die beiden Reiter ließen ihre Waffen fallen, zerrten die schwergepanzerten Kampfhandschuhe von den Fingern und beugten sich zu Dalan hinunter. Als er jedem von ihnen eine Hand reichte, durchfuhr ihn ein mächtiger Stoß. Es war ein Schlag, als ob er mit einem Schwert in der Mitte geteilt, gleichzeitig jedoch von unglaublichen Kräften wieder zusammengepreßt und geheilt würde. Dalan zitterte und wankte. Wenn ihn die kräftigen Fäuste nicht gehalten hätten, wäre er wohl zusammengebrochen. Willenlos ließ er sich emporziehen. Die beiden Krieger drängten ihre Pferde noch dichter aneinander, und gemeinsam hielten sie Dalan so, daß er einen Arm um den Hals des schwarzen und den anderen um den Hals des weißen Reiters schlingen konnte.

Mit einem kaum vernehmlichen Zungenschnalzen geboten die beiden ihren Pferden, weiterzugehen. Ohne Eile schritten diese den Weg zwischen den beiden Heeren zurück zum See. Sie zögerten nicht am Ufer. Schon versank ihr gegürteter und geschützter Bauch. Das Wasser stieg langsam über die Flanken, wuchs über die Mähne und den Kopf. Und noch immer gingen die beiden Pferde gleichmäßig und ruhig weiter. Die Körper der beiden Kämpfer wurden umspült, das dunkle Wasser stieg bis zum verschlossenen Helm. Als es in die Luftschlitze der Visiere einzudringen begann und Dalan schon den Kopf in den Nacken legen mußte, öffneten sich die Helme der beiden Kämpfer. Starr vor Erstaunen, Freude, Stolz und Trauer zugleich, sah Dalan die Gesichter der beiden Krieger.

Er sah sich selbst.

Seine Augen waren es, die ihm unter dem schwarzen Helm zulächelten, und sein Mund war es, der ihm unter dem weißen Helm zuflüsterte: „Es ist gut so."

Ohne zu wissen, wußte Dalan. Und ohne zu begreifen, erkannte er. Das Wasser des Sees schloß sich über ihnen. Nicht die kleinste Welle zeugte von ihrem Verschwinden.

Als Dalan in einer Fontäne schäumenden Wassers wieder an die Oberfläche des Sees schoß, hatte die Welt sich in das durchsichtige, weich fallende Gewand des frühen Morgens gekleidet. Es war nicht mehr Nacht und noch nicht Tag. Ohne Eile schwamm er ans

Ufer und stieg aus dem See. In einer Hand hielt er den Gürtel, den ihm Lutrowa umgebunden hatte. Der schwere Verschluß baumelte nutzlos hin und her. Die andere Hand umschloß liebevoll eine kleine Blüte, fast noch eine Knospe.

„Lutrowa!" schrie Dalan in den beginnenden Tag. „Lutrowa! Nun komm und hol mich! Du wolltest doch eine Blüte aus dem See des Lebens! Sieh! Ich halte sie in meiner Hand! Lutrowa! Komm, hol mich. Ich will dir deinen Gürtel zurückgeben!"

Dalan drehte sich, während er aus Leibeskräften schrie in die Richtung aller vier Winde und lachte dabei ein breites, fröhliches Lachen.

Die Luft begann vor Dalan zu flimmern. Die Felswände verschwammen, wurden dünn und farblos. Ein schmutzig graues Licht umhüllte und wirbelte um ihn. Schneller und schneller. Wilder und wilder. Dann zerriß das Grau. Dalan sah, daß er sich wieder vor der kleinen Hütte Lutrowas befand. Der alte Magier stand vor der Tür. Er hatte die Augen geschlossen. Seine Hände zitterten über einem kleinen Feuer, das in der Luft schwebte.

„Lutrowa", lachte Dalan, „du kannst aufhören mit dem Spuk. Ich bin schon da."

Erschrocken zuckte der Magier zusammen und stolperte einen Schritt zurück.

„Hast du die Blüte aus dem See des Lebens mitgebracht?" stammelte er aufgeregt. Dann riß er die Augen weit auf: „Wer hat dir meinen Gürtel gelöst? Wem ist es gelungen, den Bann zu brechen?"

„Ach der", erwiderte Dalan leichthin, „du wirst es nicht glauben, er hat sich einfach von alleine geöffnet."

„Nein, nein!" Lutrowa fuchtelte aufgeregt mit den Händen in der Luft umher, „das kann nicht sein!"

„Na ja", gab Dalan zu, „so einfach war es nun auch wieder nicht. Ich mußte schon einiges dafür tun."

„Gut, gut", in den Augen des Magier glitzerte wieder jenes gierige Funkeln. „Gib mir jetzt die Blüte aus dem See des Lebens. Wie lange mußte ich auf diesen Moment warten!"

„Du vergißt, daß ich nicht mehr unter deinem Bann stehe", sagte

Dalan und lachte. „Weshalb also sollte ich dir die Blüte geben?"
„Du wagst es!" schrie Lutrowa und auf seinen Wangen bildeten
sich zornig rote Flecken. „Du wagst es, mir, Lutrowa, dem mächtigen Magier, zu widersprechen?"
Mit einer herrischen Bewegung riß er seinen Umhang nach vorne
und plusterte sich auf wie ein balzender Pfau. „Glaubst du, ich hätte keine Mittel, dich zu zwingen, mir die Blüte zu geben?" Drohend
ging Lutrowa einen Schritt auf Dalan zu.
„Ich bin bereit, alter Magier", sagte Dalan leise, aber bestimmt.
„Versuche deine Macht."
„Ich werde dich zerschmettern!" brüllte Lutrowa, warf den Kopf
zurück und stieß mit ausgestreckten Armen in den Himmel. Obwohl dort die Sonne klar und hell strahlte, zuckten plötzlich Blitze
nieder. Dampfend und knisternd spalteten sie die Luft. Dalan
stand still, als ob er an einem wunderschönen Frühlingsmorgen
dem Klang der Erde lauschen wollte. Nur die Hand, in welcher er
die Blüte trug, war ein wenig geöffnet. Keiner der Blitze traf ihn.
Zischend verpufften sie wirkungslos in der Erde.
Fassungslos öffnete Lutrowa den Mund. Es dauerte lange, bis er
genügend Atem geschöpft hatte: „Ein Zauber schützt dich!"
kreischte er. „Ich werde ihn brechen. Du entkommst mir nicht!"
Wütend nestelte er an einem kleinen Lederbeutel, den er unter
seinem Umhang hervorgezogen hatte. Mit zitternder Hand warf
er einige grünschimmernde Körner vor Dalans Füße. Giftig gelber Rauch quoll auf. Der Wind trieb die Schwaden zur Seite, und
vor Dalan stand ein furchterregendes Ungeheuer. Grausam
blinkten die Krallen, mörderisch war das Gebrüll, tödlich scharf
die Zähne. Die Bestie Lutrowas richtete sich auf. Dann kam sie
langsam auf Dalan zu. Lutrowas Gelächter stieg triumphierend in
den Himmel. Dann jedoch zuckte er zusammen. Dalan stand
nicht mehr allein. Links und rechts von ihm waren, wie aus dem
Nichts, zwei schwerbewaffnete Krieger aufgetaucht. Rüstung,
Waffen und Pferd des einen schimmerten Schwarz wie die
Oberfläche eines tiefen Waldsees in mondloser Nacht. Der zweite
Krieger glänzte weiß, wie die zarten, von keinem Wind berührten
Wolken eines taufrischen Sommermorgens. Das grauenvolle Un-

geheuer fauchte und geiferte. Die gewaltigen Pranken schlugen rauschend durch die Luft. Doch es wagte sich nicht weiter. Erregt drehte es den Kopf hin und her, kniff die Augen zusammen und duckte sich dicht an die Erde. Dann kroch es langsam und wimmernd rückwärts auf Lutrowa zu. Dieser trat es mit Füßen und stieß schauerliche Verwünschungen aus. Wieder stieg der giftiggelbe Nebel auf; als er verzog, war auch das Ungeheuer verschwunden.

Lutrowa stand hilflos und gebrochen vor seiner Hütte.

„Deine Herrschaft ist zu Ende, alter Mann", sagte Dalan und ging auf ihn zu. „Kein Zauber, keine Magie kann so mächtig sein, wie das Leben selbst. Wie willst du jemanden mit bösen alten Sprüchen vernichten, der in den See des Lebens eingetaucht ist und eine Blüte davon bei sich trägt."

Lutrowa sank zusammen. Plötzlich war er nur noch ein bedauernswerter alter, gebrochener Mann. Sein Atem ging stoßweise, er schluchzte: „Was war dies für ein Zauber hinter dir? Welche Macht lehrte dich diese Magie?"

„Es war kein Zauber, alter Mann", sagte Dalan und kniete neben Lutrowa nieder. „Es war das Leben selbst. Kein Fluch, kein magischer Spruch, kein Bann, keine Zauberkraft kann so mächtig sein. Vergiß die Hexenkunst! Das Tor zum Verborgenen Land steht dir offen. Du mußt dich nur hineinwagen. Selbst wenn ich dir diese kleine Blüte hier geben wollte, alter Mann", Dalan öffnete seine Hand und ließ Lutrowa die wundersame Blüte sehen, „sie würde dir nichts nutzen. Sie gehört zu mir und hat im See des Lebens auf mich gewartet. Bei dir würde sie vertrocknen, nutzlos verwelken. Steh auf, alter Mann. Du hast noch genug Zeit, dir deine Blüte zu holen."

Dalan strich Lutrowa sanft übers Haar. Dann ging er auf die Koppel neben der kleinen Hütte zu. Sein Pferd stand dort und wieherte freudig, als es ihn erkannte. Dalan vergrub seinen Kopf in der dichten Mähne.

„Komm, mein Freund", flüsterte er ihm ins Ohr, „es gibt noch viele Wege zu gehen für uns."

Als Dalan davonritt, saß der alte Magier vor seinem Haus und starrte tränenblind hinter ihm her. Der Umhang lag vor ihm auf dem staubigen Boden.

Und Dalan, der Kämpfer und Abenteurer, preßte seine Schenkel zusammen, umschloß sanft die kleine Knospe in seiner Hand und schoß auf seinem Pferd davon. Dorthin, wo sich am fernen Horizont Erde und Himmel sacht berühren.

Die Macht der Märchen

Versonnen und nachdenklich blieben die Menschen sitzen. Manche Hand spielte gedankenverloren mit dem Staub des Platzes und zeichnete, ohne es zu wissen, die verworrenen Muster des Lebens. Andere ließen Oyano nicht aus den Augen. Dieser hielt den Mondstein fest an die Stirn gepreßt. Längst war es Nacht geworden, und das volle, runde Gesicht des Mondes spiegelte sich in den weit aufgerissenen Augen des Märchenerzählers. In Oyanos Haus, hinter der eingeschlagenen Tür, konnten Aufmerksame einen unwirklichen, blauen Schimmer bemerken. Keine Öllampe, keine Kerze oder Fackel verbreitete solch ein durchscheinendes, zartes, blaues Licht. Doch der alte Märchenerzähler kümmerte sich nicht darum. Er saß, ohne sich zu regen.

Mit ihm warteten die Menschen. Keiner hatte sich erhoben oder einen Laut von sich gegeben, als endlich schwere Schritte und Pferdehufe zu hören waren. Jenseits des Platzes flackerten einige Fackeln auf und warfen ihr unruhiges Licht auf einen bewaffneten Trupp Soldaten. An ihrer Spitze, umringt von seiner Leibwache, ritt der König auf einem prachtvoll aufgezäumten Pferd. Gwen, die Schülerin des Märchenerzählers, war mit einem langen Seil an seinen Sattel gebunden. Immer wieder strauchelte sie und konnte sich nur mit Mühe auf den Beinen halten.

„Macht Platz!" befahlen die Männer der Leibwache. „Geht aus dem Weg! Der König kommt!"

Wer nicht auf der Stelle gehorchte, wurde mit roher Gewalt zur Seite gedrängt.

Am Ende des Zuges schritt ein vermummter Mann, das blitzende Krummschwert in beiden Händen: der Scharfrichter. Schaudernd wichen die Menschen zurück, als er an ihnen vorbeischritt. Wie ein kalter Hauch schien ihn der Atem des Todes zu begleiten. Mitten auf dem Marktplatz zügelte der König sein Pferd. Er richtete sich in den Steigbügeln auf und rief: „Unsere Gerechtigkeit ist berühmt! Dieses Mädchen hier hat sich mit den bösen Mächten verbündet. Sie ist eine Hexe! Jetzt und hier soll sie hingerichtet werden, bevor sie noch größeres Unheil über unsere friedliebende Stadt bringen kann. Scharfrichter, walte deines Amtes!"

Angstvolles, aber auch empörtes Murmeln zitterte durch die Men-

schenmenge, als der vermummte Mann vortrat.
Doch dann zerschnitt ein gewaltiges Fauchen den nachtschwar-
zen Himmel. Die Menschen warfen den Kopf in den Nacken und
blickten empor. Ein mächtiger, schuppenbewehrter Drache schoß
wie ein brennender Pfeil über den Platz, kehrte zurück mit lauten,
flappenden Flügelschlägen und brüllte auf, daß die Erde erzitterte.
„Tötet das Untier!" schrie der König seiner Leibwache zu. Die
Männer rissen ihre Langbogen von den Schultern. Als sie jedoch
die Pfeile einlegen wollten, war der Drache schon verschwunden.
„Da könnt ihr es alle sehen!" rief der König mit rotem Kopf. „Das
Mädchen hat die Bestie herbeigehext. Wer weiß, was noch alles
geschehen wird, wenn sie am Leben bleibt!" Mit einer herrischen
Bewegung löste er das Seil, mit welchem Gwen noch immer an
seinen Sattel gebunden war und warf es dem Scharfrichter zu.
„Zögere nicht länger!" befahl er.
Der vermummte Mann trat zu dem Mädchen, welches den Blick
nicht von Oyano löste, als es zu einem roh zurechtgezimmerten
Holzpodest geführt wurde. Und mit einem Mal trat in ihre Augen
ein kleiner Hoffnungsschimmer, fand der winzige Funke eines
Lächelns einen Weg auf ihr Gesicht. Der alte Märchenerzähler
stand nicht mehr allein. Absonderliche Gestalten tauchten
schweigend neben und hinter ihm auf. Ein durchsichtiges, blaues
Licht lag über dem Stand, und immer mehr und mehr Wesen ka-
men aus Oyanos kleinem Haus und versammelten sich auf und
vor dem Stand.
„Das ist doch die längst verschwundene Nymphe aus dem alten
Stadtbrunnen", murmelte ein weißhaariger Mann in der Menge
und deutete mit dem Finger. „Früher hat Oyano oft von ihr er-
zählt."
„Und dort", erkannte jemand anderes, „steht der grimmige Gnom
aus den Steinbrüchen."
Voller Aufregung flüsterten sich die Menschen auf dem Markt-
platz zu, welche der Wesen sie neben dem alten Märchenerzähler
erkennen konnten. Elfen waren dort versammelt und Nebel-
geister. Finster dreinblickende Kobolde mit Wurzelkeulen und
wunderschöne Feen. Ein schneeweißes Einhorn schnaubte leise

und schüttelte seine gewaltige Mähne, bis es von kleinen Funken sternschnuppengleich umsprüht wurde. Die weißen Nixen der Eiswasserquellen waren ebenso zugegen wie die zauberkräftigen Baummänner des Wunderwaldes.

Der Scharfrichter stand bei Gwen, und er starrte ebenso fassungslos wie der König und all die bewaffneten Männer. Das Mädchen lächelte lautlos und glücklich. Ihr Blick traf sich mit dem Oyanos, dessen grimmiges Gesicht nun ein wenig freundlicher schaute.

„Das ist finstere Magie!" stieß der König schließlich mit aschfahlem Gesicht hervor. „Führt meinen Befehl aus, Scharfrichter! Und ihr", befahl er den Männern seiner Leibwache, „holt mir den alten Märchenerzähler. Auch sein Leben soll verwirkt sein!"

Hastig stürzten die Männer los, um zu Oyano zu gelangen. Der Scharfrichter zog währenddessen das Mädchen auf das Holzpodest. Dort zwang er es mit starker Hand in die Knie und stellte sich dahinter. Er wartete auf den Zuruf des Königs, um sein Schwert zu schwingen. Doch als er hinübersah zu seinem Herrn, stockte ihm der Atem. Neben dem König saß ein unbekannter Krieger auf einem starken Pferd. Das blitzende Schwert des Fremden lag an der Kehle des Königs, der den Mund entsetzt aufgerissen hatte, jedoch keinen Ton zu sagen wagte. Auch die Männer der Leibwache rührten sich nicht mehr von der Stelle. Eine undurchdringliche Mauer von Nixen, Nymphen, Feen, Elfen, Kobolden, Gnomen und Baummännern hatte sich ihnen in den Weg gestellt. Die zunächst regungslosen Menschen auf dem großen Platz zögerten nicht länger. In Windeseile wurde die gefürchtete Leibwache des Königs entwaffnet. Es war wieder totenstill auf dem Platz, als Oyano endlich seinen Stand verließ. Ohne Hast ging er auf den Scharfrichter zu, der noch immer mit erhobenem Schwert hinter dem knienden Mädchen stand. Hilflos wartete der Vermummte auf einen Befehl seines Königs. Doch an dessen Hals züngelte die Klinge des fremden Kriegers: bereit, wie der Giftzahn einer gefährlichen Schlange.

Der alte Märchenerzähler kümmerte sich nicht um das erhobene Schwert des Scharfrichters. Er kniete neben Gwen und löste mit ruhiger Hand die Fesseln. Dann richtete er sich auf und sah den

Scharfrichter an. „Das Ende eurer Zeit ist gekommen", sagte er.
Dann wandte er sich zum König und rief so laut, als ob seine Stimme mit einem Male wieder jung und kraftvoll geworden wäre:
„Verlasse diese Stadt. Wer dich begleiten will von deinen Männern, dem soll nichts geschehen. Wer jedoch hierbleiben möchte, den soll künftig niemand daran erinnern, welchen Fehler er einmal in seinem Leben begangen hat."
Begeistert klatschten die Menschen auf dem Platz in die Hände. Fassungslos sah sich der König um. Das Schwert des Fremden wich von seiner Kehle.
„Wer bist du, fremder Krieger?" wollte der König tonlos wissen. Lächelnd antwortete dieser: „Mein Name ist Dalan. Ich bin hier, weil Oyano um meine Hilfe bat. Damit hat er mich in dieser Nacht zum Leben erweckt."
Unsicher sah sich der König nach seiner Leibwache um. Keiner der Männer erwiderte seinen Blick. Nur die Augen des Scharfrichters funkelten ihn hinter der Maske an. „Es bleibt kein Platz für uns in dieser Stadt", sagte der Vermummte dann kalt. „Wir wollen gehen."
Wortlos nickte der König, stieg vom Pferd und nahm die Krone ab. Der Scharfrichter ließ sein Schwert daneben fallen. Die Menschen öffneten den beiden eine schmale Gasse. König und Scharfrichter verschwanden zwischen den dunklen Schatten der engstehenden Häuser aus der Stadt und wurden niemals mehr gesehen.
Auf dem Marktplatz jedoch wurde in dieser Nacht ein Fest gefeiert, wie es diese Stadt und wohl auch noch keine andere – im ganzen bekannten Erdenkreis – je gesehen hat. Gnome und Nixen, Menschen und Elfen, das Einhorn, die Nebelgeister und Baummänner, alle, alle tanzten ausgelassen miteinander. Und Dalan, der wilde Abenteurer, sprengte ein ums andere Mal über den Platz und erstaunte die Menge mit seinen Reit- und Waffenkünsten.
Erst als der Morgen den Himmel schon längst auf den kommenden Tag vorbereitet hatte, fand Gwen Zeit, ihr Erstaunen zu überwinden. Sie nahm den alten Märchenerzähler zur Seite, umarmte ihn liebevoll und fragte dann leise: „Wie war das alles möglich

heute Nacht, Oyano? Woher kamen all diese Wesen, um dir zu helfen?"
Der alte Märchenerzähler lächelte still vor sich hin. Dann nestelte er unter seinem Umhang und reichte Gwen den schwarzglänzenden Mondstein mit den unzähligen Kristallen.
„Von heute an soll er dir gehören", sagte er. „Achte sorgsam auf ihn. Eines Tages wird er dir das Geheimnis verraten, glaube mir."
Gemeinsam gingen sie hinaus vor die Stadtmauer. Kein Wächter stand am weit geöffneten Tor. Still saßen Oyano und Gwen dann am Meer. Sie sahen hinaus auf die Wellen. Dorthin wo sich jeder alles was er will erträumen darf.
Und alles was erträumt, auch wahr sein kann.

Das Märchenbuch mit
dem Ring aus Stein

Roland Kübler
DER MÄRCHENRING

136 Seiten - illustriert
mit einem Steinring
ISBN 3-926789-11-5

Tief unter dem Drachengebirge liegen die Geheimen Grotten, und dorthin hat sich Aydin, eine Schülerin des alten Oyano, aufgemacht, um ihren Märchenstein zu finden. Gleichzeitig nistet sich etwas Dunkles ein in Herzen und Seelen der Menschen. Es scheint, als ob diese Bedrohung ihren Ursprung in den Geheimen Grotten hätte...

Roland Kübler
Norbert Sütsch
Jürgen Werner
Traumfeuer

120 Seiten · illustriert
ISBN 3-926789-05-0

Roland Kübler
Jürgen Werner
Traumsegel

112 Seiten · illustriert
ISBN 3-926789-08-0

In diesen liebevoll gestalteten Märchen-Anthologien vereinen sich klassische Märchenmotive mit dem Blick auf heutige Wirklichkeit und Sprache. Für alle „alten" Märchenkenner eine Bereicherung und für alle „neuen" Märchenleser eine lustvolle Aufforderung, auch „alte" Märchen wieder für sich zu entdecken.

Schon jetzt ein Klassiker!

Roland Kübler
Die Sagen um Merlin, Artus und die Ritter der Tafelrunde

320 Seiten · illustriert
ISBN 3-926789-01-8

Ein zeitloser Sagenkreis in einer einfühlsamen Bearbeitung, die sich eng an die ältesten Überlieferungen hält.
Eine wunderbare Neuerzählung der Artus-Sage in einem liebevoll aufgemachten Buch.
Mit einem Nachwort zur tiefenpsychologischen Bedeutung des Gralsmythos, sowie mythologischen Stammtafeln.

Ein Simplicissimus der
phantastischen Literatur!

Amadeus Firgau

Sorla Flußkind

Sorla Schlangenei

312 Seiten · illustriert
ISBN 3-926789-04-2

360 Seiten · illustriert
ISBN 3-926789-10-7

Fast 700 Seiten beste Fantasy. Die spannende Geschichte des bei den Gnomen aufgewachsenen Sorla. Spannend und skurril, dramatisch und mystisch, komisch und phantastisch ist der abenteuerliche Weg, den Sorla zu gehen hat. Für jeden, der auch zwischen den Zeilen liest, bieten die beiden schön illustrierten Bände mehr als eine abenteuerliche Fantasyreise.

Das Buch mit
der märchenhaften CD

Sigrid Früh / Roland Kübler
FEUERBLUME

152 Seiten · illustriert · Halbleinen
mit CD
ISBN 3-926789-12-3

Alte und neue Märchen zeigen den Facettenreichtum der Liebe; voll geheimnisvoller Symbolik, tragikomisch, augenzwinkernd unbeschwert oder mit frivoler Erotik, immer jedoch unterhaltsam und auf knisternde Weise spannend. Mit der beigelegten CD ist dieses Buch ein Fest für alle Sinne!